Wo liegt das Mittelalt

Wie eine Jahrmillionen
geren Abschnitten liegt
und zutage tritt, so verl
Schicht aus Fundamenten ....
Leben der Menschen vor einigen Hunderten Jahren abspielte.
An einem Ort in Thüringen scheint es so, als ob diese Schicht
die neue Erde durchbrochen hat und ans Licht gelangt. Häuser, Straßen, ja die ganze Stadt stammen noch aus dieser Zeit.

Im Laufe der Jahrhunderte immer wieder umgebaut, sind die
Häuser zwar uralt, aber keine Zierde. Ihr historischer Wert ist
umstritten. Soll man sie nun unter Denkmalschutz stellen oder
behindert man so die normale Stadtentwicklung? Schließlich
lässt es sich in solchen Häusern nicht unbedingt gut wohnen.
Sie so erhalten zu müssen würde jungen Menschen einen weiteren Grund liefern, aus ihrer Heimat abzuwandern.

Doch manchmal finden Schatzsucher oder auch ganz normale
Hauseigentümer etwas Kostbares aus uralten Zeiten. Die ‚Himmelsscheibe von Nebra' und der ‚Erfurter Schatz' sind die be-
kanntesten Fälle, die Stars unter den Funden. Aber wem gehört
das eigentlich? Gehört es nicht denen, die jetzt hier leben, die
jetzt die Häuser besitzen? Letztlich müssen sie ja auch dafür aufkommen, wenn etwas einzustürzen droht. Sie tragen die Bürde,
in den alten Buden leben zu müssen. Sie haben die Häuser geerbt und wenn beim Umbau mal etwas Wertvolleres als Dreck
zum Vorschein kommt, dann haben sie das natürlich mitgeerbt!

So leicht, fast unmerklich, überschreitet man die Grenze, be-
ginnt der Einstieg in die Kriminalität, denn von nun an entwickeln die Dinge sich nach ihrer eigenen, schicksalhaften Logik.
Wiederholen sich dann die Schrecken des Mittelalters, weil doch
die gleichen Menschen wie vor Hunderten Jahren mit dersel-
ben Gier wie vor Hunderten Jahren in denselben Mauern leben?

Es sind die Menschen selbst, die mit ihrem Handeln das dunkle Mittelalter immer wieder erwecken, aber es auch immer wieder überwinden können. Das Mittelalter ist nicht vorbei. Es liegt irgendwo in Thüringen und jeder kann hineingeraten und darin zum Staub der Geschichte verfallen.

Weißensee, 12 Jahre zuvor

Das Lenkrad zitterte plötzlich und der alte Daimler schwankte vor und zurück. In Sekundenbruchteilen war er hoch konzentriert, bereit, durch Bremsen und Gegenlenken die Kontrolle wieder zu erlangen. Der Puls schnellte hoch. Instinktiv war sein Fuß auf der Bremse gelandet und hatte dabei kurzzeitig das ABS ausgelöst.

Doch es gab überhaupt keine gefährliche Situation, keinen Reifenschaden, keine Ölspur. Was war gerade passiert? Schließlich war er hier nicht auf einer verschneiten Landstraße unterwegs, sondern mit 55 km/h in einer Kleinstadt in Thüringen. Okay, nach dem Bremsmanöver waren es nur noch 25 km/h. Einige Anwohner hatten den Bremsvorgang registriert und schauten zu ihm. Einer schüttelte den Kopf.

Er hatte schlicht und einfach den Zustand der Straße, deren Asphaltdecke plötzlich durch uraltes Kopfsteinpflaster abgelöst wurde, völlig unterschätzt. Jetzt ärgerte er sich. Hatte er doch wenige Meter vorher dieses merkwürdige Verkehrsschild gesehen, das schlingernde Auto mit dem Hinweisschild ‚Oberflächenwechsel‘. Doch anstatt der Beschaffenheit der Straße mehr Aufmerksamkeit zu schenken, hatte er sich nur gefragt, was es mit dem Schild wohl auf sich habe. Während sein Puls sich allmählich beruhigte, fluchte er laut vor sich hin.

‚Straße zu Ende‘ hätte es heißen müssen!

Dabei war er, wie so oft, alleine im Auto. Für seine Geschäfte konnte er keine Zeugen gebrauchen. Sein Geschäftsfeld befand sich am Rande der Legalität, nur eben auf der anderen Seite. Es war also, wie man so schön sagt: fast legal. Doch niemand kam durch sein Handeln zu Schaden, niemanden wurde etwas weg-

ANDREAS SCHRAMM

BLUTWASSER *in* WEIßENSEE

novum pro

Dieses Buch ist auch als
e-book
erhältlich.

Bibliografische Information
der Deutschen Nationalbibliothek:

Die Deutsche Nationalbibliothek
verzeichnet diese Publikation in
der Deutschen Nationalbibliografie.
Detaillierte bibliografische Daten
sind im Internet über
http://www.d-nb.de abrufbar.

© 2024 novum Verlag

ISBN 978-3-7116-0186-5
Lektorat: Thomas Schwentenwein
Umschlagfoto: Andreas Schramm
Umschlaggestaltung, Layout & Satz:
novum Verlag

www.novumverlag.com

Druckprodukt mit finanziellem
Klimabeitrag
ClimatePartner.com/16547-2311-1001

genommen. Das hätte er auch nicht gewollt, dann hätte er es auch nicht gemacht. Er war ein anständiger Mensch und haute keinen übers Ohr. Vermutlich war er deswegen nie zu nennenswertem Reichtum gelangt. Er war ein Händler, ein spezialisierter Händler, ein Experte auf seinem Gebiet und er war mit sich zufrieden. Doch in letzter Zeit wurde ihm bewusst, dass ihm durch seine Gutmütigkeit auch viel Geld durch die Lappen gegangen war. Geld, das ihm spätestens dann fehlte, wenn er aus Altersgründen diesen Job nicht mehr machen konnte. Schließlich konnte er von seinen Nebeneinkünften keine Rentenbeiträge zahlen. Irgendwann konnte er sich den Luxus, immer ehrlich mit seinen Kunden umzugehen, nicht mehr leisten. Irgendwann musste er der Realität ins Auge sehen und, wie die meisten anderen seiner Zunft, deren Ahnungslosigkeit ausnutzen. Bei diesem Gedanken fühlte er sich unwohl, aber es ging wohl nicht anders.

Hier im Osten gab es noch viele kleine Schätze. Die Kunde von einem solchen Fund wurde mündlich weitergetragen und verbreitete sich nur unter einer kleinen Klientel aus Schatzsuchern und Händlern wie ihm. Sie hatte ihn letztlich im heimischen Ruhrpott erreicht und ihn so zu diesem Ort gelenkt.

Trotz der Schrecksekunde, die das Straßenpflaster verursacht hatte, richtete sich seine Aufmerksamkeit erneut nicht mehr auf die Fahrbahn. Vielmehr war es die Umgebung, die ihn fesselte. Mit dem Ende der Asphaltdecke begann ein Ort, dessen Häuser und Straßenzüge dem Mittelalter entsprungen schienen. Hier konnte man sehen, wie es wirklich war: krumm und schlicht, mitunter auch grau und dreckig, nicht bunt angemalt, wie manches Fachwerkstädtchen vorgaukelt, ebenso wie das Leben der Menschen damals. Nein, nicht ‚Oberflächenwechsel‘, sondern ‚Zeitsprung‘ hätte auf dem Verkehrsschild stehen müssen.

Runneburg, 11 Jahre zuvor

„Klick, klick, klick, klick, klick …" Das Einrasten der Sperrklinke, ein Geräusch, das seit Hunderten Jahren in Weißensee nicht mehr zu hören war, wurde untermalt vom Stöhnen der zehn Männer, die nicht mit einer solchen Anstrengung gerechnet hatten. War es am Anfang noch ein lautes „Hau ruck", in das mehr oder weniger jeder einstimmte, hatte man schnell gemerkt, dass gleichmäßiges Drehen besser ist als ruckartige Bewegungen, und überdies hatte jeder unterschiedliche Kraftreserven, was sich nun im unterschiedlichen Takt bemerkbar machte. Es hatte auch längst keiner mehr die Puste, „Hau ruck" zu rufen. Es würde viel länger dauern, als anfangs gedacht. Zehn Minuten waren schon vergangen und aus dem reinen Spaß war eine Kraft-Ausdauerübung geworden, die jedes Muskeltraining im Fitnessstudio als Spielerei entlarvte. Immerhin konnte man an der Höhe des Kastens den Fortschritt erkennen. Man konnte es sogar fühlen. Der ganze Apparat war aus Holz und die gespeicherte Energie ließ die Balken unwirklich verspannen. Je mehr man sich dem magischen Punkt näherte, umso geringer wurden die Kräfte der Männer, umso mehr wuchs die Anspannung bei allen Beteiligten. Vor allem der TÜV-Mitarbeiter schien sich seiner Sache gar nicht mehr so sicher. Was für eine Schnapsidee, das Ding nach mittelalterlichen Plänen originalgetreu nachzubauen! Als ob die damals Sicherheitsfaktoren und geprüfte Werkstoffe gehabt hätten. Auf den Plänen sah der Apparat noch völlig harmlos aus. Darum hatte sein Chef auch gleich eingewilligt, Konstruktion und Bau zu überwachen. Schließlich ist das ja auch eine gute Werbung für den TÜV. Doch jetzt sah man erst die wirkliche Größe des Gestells und man spürte förmlich, wie sich die Balken unter der Last verformten. Das Ding kam ihm vor wie eine überdimensionale Mausefalle, die jederzeit zuschnappen konnte. Was ist, wenn jetzt etwas schief geht? Er versuchte, sein Unbehagen nach außen zu überspielen.

Der Einzige, der wie gewohnt Sicherheit und Souveränität ausstrahlte, war Ernst Steinhöfer, der Initiator des Projektes, ein umtriebiger Mensch, der sich seiner Heimatstadt schon immer in besonderer Weise verbunden fühlte. Im Burgverein war man froh über diesen Glücksfall. Das Projekt hatte nicht nur sehr viel Aufmerksamkeit erzeugt, sondern es hatte auch junge

Leute begeistert, sodass der Verein nicht mehr länger nur aus Pensionären bestand, sondern viele Junge hinzugekommen waren. Für Nachwuchs und Fortbestand war gesorgt. Einzig Ernst Steinhöfer wusste die Wahrheit: Es war genau umgedreht. Die Überlegung, wie man den Verein interessanter machen konnte, hatte ihn zu dieser Idee geführt.

Als Konstrukteur kannte Ernst die Schwachstellen und Unwägbarkeiten des Apparates besser als der Beauftragte vom TÜV, dessen Zutun nur eine juristische Alibifunktion erfüllte. Mit einem lauten „Haaalt" erlöste Ernst schließlich die 10 jungen Männer, die sofort in sich zusammensackten wie Marathonläufer hinter der Zielmarkierung. Nach einer kurzen Inspektion gab er schließlich sein Okay. Die Ehre des Bliedenmeisters oblag dem Hauptsponsor, Rainer Lambrecht. Auch er näherte sich dem Apparat mit einer Ehrfurcht, die augenblicklich in Furcht und Flucht umschlug, als er die Verankerung löste. Nun hatte keiner mehr Einfluss auf das Geschehen. Der 40 Kilogramm schwere Brocken raste zuerst durch die hölzerne Rinne, die ein seitliches Ausbrechen verhinderte. Danach schleuderte der Brocken, von Seilen geführt, auf einer Kreisbahn, bis er schließlich in großer Höhe den Ledersack verließ und mit einem unwirklichen Heulen 300 Meter durch die Luft schleuderte, bevor er letztlich recht unspektakulär auf der Wiese vor der Burg einschlug. Dieser Anblick und das Geräusch versetzten das zahlreiche Publikum hörbar in Erstaunen und ging in tosenden Applaus über. Der entschädigte für die jahrelange Mühe, welche Planung und Bau der Steinschleuder gekostet hatten. Obwohl sie nichts getroffen hatten als die Wiese vor der Burg, war dieser Schuss ein Volltreffer für den Verein, dessen Spendenkiste an diesem Tag klingelte wie nie zuvor, und auch für Ernst Steinhöfers Engagement für die Stadt und seinen Verein. Er hatte heute seine zahlreichen Kritiker überzeugt. Weißensee hatte nun ein neues Zugpferd, etwas, wofür sich Jung und Alt begeistern konnten, etwas, was es nicht überall gab. Eine spektakuläre Attraktion, die die Einwohner zugleich mit der Geschichte ihrer eigenen uralten Stadt verband.

Es war schon Nachmittag, als es plötzlich klingelte. Im typischen Blaumann, von Kopf bis Fuß, und mit einem Staubschleier, der durch wenige abrinnende Schweißtropfen unterbrochen wurde, öffnete Karsten Lehmann die Haustür.

„Guten Tag", schallte es ihm freundlich entgegen. Lehmanns Blick aus der erhöhten Tür ging über den Kopf des Mannes und erfasste einen ockerbraunen Daimler aus den Achtzigern auf der gegenüberliegenden Straßenseite.

„Sie sind der Mann, der sich für meinen Fund interessiert?"

Ein kurzes Stoßlachen gefolgt von einem „Ja, sieht man das?" zeigte Lehmann, dass er richtig lag.

„Kommen Sie mit!", ertönte die gleichmäßig monotone Stimme.

Erst jetzt ließ er den Mann herein, der seinen Namen in der Regel verschwieg und der wie ein bunter Vogel in grauer Umgebung wirkte. Der Händler war Lehmann sofort unsympathisch. Im Grunde war er das bereits, bevor er ihn kennengelernt hatte. Ein Händler schafft nichts mit seinen Händen. Er lebt davon, andere über den Tisch zu ziehen. Und noch dazu ein Wessi! Nachdem sie einen heruntergekommenen Flur durchlaufen hatten, führte eine ausgetretene Steintreppe in den Gewölbekeller. Beim Abstieg über die jahrhundertealte Steintreppe schlug ihnen ein seltsamer Geruch entgegen, nur ein Hauch und doch markant. Unten angekommen wurde dem Besucher klar, mit welcher staubigen Arbeit sich der Mann abgerackert hatte. Die Decke war für jemanden mit Lehmanns Statur zu niedrig. Darum hatte er damit begonnen, die alten Sandsteine aus dem Boden herauszunehmen und den Grund um 40 Zentimeter zu vertiefen. Bis auf eine alte Kommode im hintersten Winkel und zahlreiche Werkzeuge war der Raum leer. Lehmann steuerte auf die Kommode zu und entnahm etwas. Während er sein Gegenüber mit einem vielsagenden Blick in die Augen fixierte, hielt er ihm plötzlich eine große alte Silbermünze zwischen Daumen und Zeigefinger entgegen. „Oha!" Die Überraschung war offensichtlich geglückt. Mit einer Uhrmacherlupe, die er stets in seiner Aktentasche mit sich führte, machte sich der Händler sofort ans Werk. Er drehte sich dabei zum spärlichen Licht und wendete die Münze immer und immer wieder.

„Ich habe sie ein bisschen poliert. Es sind 52 Stück!"

Lehmanns Stimme klang plötzlich eifrig und begeistert. Er hatte tatsächlich einen Schatz gefunden! Endlich hatte ihm dieser alte Kasten mit seinem morschen Balken und dem engen Keller, den er geerbt hatte, auch mal Glück gebracht. 52 riesige Silbermünzen waren unter einem der Sandsteine zum Vorschein gekommen. Doch er konnte nicht einschätzen, was sie wert waren. Die Münzhändler waren angehalten, Schatzsucher anzuzeigen. Er hatte sich einen Katalog besorgt, doch genau diese Art Münzen war nicht angeführt. Jedenfalls gingen die Preise hoch bis auf eintausend Euro. Ein neues Auto? Vielleicht sogar ein neues Haus? Was war für ihn drin?

Der Händler starrte noch immer durch die Lupe auf die Münze, was Lehmann als gutes Zeichen deutete. Er ahnte nicht, dass der längst erkannt hatte, was er in seiner Hand hielt, und bloß noch überlegte, wie hoch sein Gebot sein sollte. Abrupt nahm er die Lupe runter.

„Ich gebe Ihnen 12 Euro pro Münze."

Lehmann starrte ihn fassungslos an.

„Das ist nicht Ihr Ernst!"

Seine Mimik verfinsterte sich schlagartig. Mit einem kurzen Winken der Hand zeigte er an, dass er die Münze zurückhaben wollte. Er steckte sie sich einfach in die Jackentasche. Kopfschüttelnd griff er nach seinem Werkzeug und ging einfach wieder seiner Arbeit nach, die darin bestand, eine außergewöhnlich große Sandsteinplatte auf dem Boden vor dem Abtransport zu teilen. Sein Gegenüber betrachtete er gar nicht mehr. Der würde den Ausgang schon alleine finden. Die Kerben an den Seiten der Platte zeigten an, dass er sich eigentlich Stück für Stück mit einem Meißel von außen nach innen vorgearbeitet hatte. Doch nun bearbeitete er die Platte, indem er einfach mit einer Spitzhacke planlos auf die Mitte einschlug. Die Schläge wurden ständig intensiver. Immer wieder prallte die Spitzhacke beim Ausholen an die Gewölbedecke und schlug dabei schon Funken. Der ohrenbetäubende Lärm schallte von den Wänden zurück. Es wurde immer lauter. Lehmann schlug mit unbeherrschter Wut zu. Es gor in ihm, doch der Geschäftsmann ließ nicht locker. „Die Münzen ... kann ich nicht ... nicht ...“ Mehr war nicht zu verstehen, es war einfach zu laut. Schließlich nahm er ein Bündel Geldscheine aus seiner Aktentasche heraus und hielt es ihm mit ausgestrecktem Arm beschwörend hin, als ob er einen Hund mit Hundekuchen locken wollte. „Ich habe ... Geld ... sofort haben.“ Nach seiner Einschätzung stand der Deal kurz vor dem Abschluss, doch in Wahrheit hatte er die Situation völlig falsch eingeschätzt. Immer näher kam er der Bahn der Spitzhacke, die, von Zorn und Raserei angetrieben, immer unberechenbarer wurde. Mit den Füßen auf dem oberen Ende der Platte stehend, spürte er den Impuls der Schläge durch den Stein. Jeder wäre instinktiv zurückgewichen, doch er war nun mal in seinem Element. Er war Händler und er stand kurz vor einem Geschäft. „Ich er... ...gebot auf 15 Euro.“ Er war noch einmal einen Schritt auf Lehmann zugegangen, der nun vollends die Kontrolle über sich und sein Werkzeug verloren zu haben schien. Nachdem die Spitzhacke mit dem breiten Teil an die Decke angestoßen war, zog sie, mit der Spitze voran, ihre Bahn nach unten. Sie verfehlte den Arm des Geschäftsmannes nur um wenige Zentimeter, rauschte weiter ungebremst nach unten in Richtung seines Fußes und traf letztlich mit voller Wucht auf die Sandsteinplatte, die augenblicklich mittig zersprang und ohne den geringsten Zeitverzug irgendwo nach unten fiel – mit ihr der Geschäftsmann, der sich gerade noch am Rand festhalten konnte. Lehmann trat instinktiv einen Schritt nach hinten, aber nun begriff er die Gefahr, in welcher der andere schwebte. Während immer mehr Steine nachgaben und in dem Loch verschwanden, hatte er sich geistesgegenwärtig hingelegt und bekam den schreienden Mann am Kragen der Jacke zu fassen. Doch es rutschte immer mehr Erde nach. Auch die Steine, an denen sich der Geschäftsmann verzweifelt festklammerte, kamen ins Rutschen. Langsam, die Arme nach oben gestreckt, laut schreiend, verschwand er immer weiter in dem Loch. Lehmann zog nach Kräften. Es gelang ihm tatsächlich, das Gewicht nach oben zu heben, doch je weiter er es herauszog, umso leichter schien der Mann zu werden. Schließlich wurde das Gewicht ganz leicht und alles, was nach oben kam, war die Jacke des Mannes. Dessen Schreie entfernten sich und wurden inzwischen vom Getöse des nachrutschenden Gerölls völlig übertönt, während Lehmann sich mit der anderen Hand vom Loch zurückzog, um nicht selber kopfüber abzustürzen.

Als die Lawine aus Geröll zum Erliegen gekommen war, offenbarte sich ein rundes Loch. Die plötzliche Ruhe wirkte gespenstisch. Hilflos rief Lehmann ein „Hallo?" in das Loch, ohne daran zu glauben, dass da noch eine Antwort kommen würde. Er legte eine Leiter darüber und kroch so weit, bis er von oben hineinschauen konnte. Eine gespenstische Dunkelheit starrte ihm von unten entgegen. Nichts rührte sich mehr. Schnell schloss er seine alte Baulampe an die Verlängerung an und ließ sie langsam am Kabel hinab. Die Lampe bestand nur aus einem geraden Schirm mit einer Glühbirne darunter. Das Licht reichte aus, einen rund gemauerten Rand um die Lampe herum zu beleuchten. Nach unten blieb alles schwarz. Zu Lehmanns Erstaunen war das Loch viel tiefer als erwartet. Erst als die Kabeltrommel schon fast abgerollt war, kam unverhofft die Wasseroberfläche zum Vorschein. Sie war völlig schwarz, beinahe hätte er die Glühbirne ins Wasser eingetaucht. Nur an den kreisrunden Wellen und dem markanten Plumps eines kleinen Steines, der sich oben gelöst hatte und reingefallen war, war das Wasser zu erkennen.

Nachdem er die Lampe wieder hochgezogen hatte, musste er sich erst einmal an die Seite setzen und tief durchatmen. Was war eben geschehen? Der Händler war auf jeden Fall tot! Was immer er jetzt tun würde, wen immer er jetzt informieren würde, nichts davon würde dem Toten helfen. Aber ihm würde es schaden. Sie würden fragen, was dieser Mensch hier im Keller zu suchen hatte, und früher oder später würden sie auf seinen Schatz stoßen, ihm bliebe nichts als eine Anzeige. Lehmann schaute in die Aktentasche. In einem offenen Umschlag

entdeckte er etliche Geldscheine. Es gab noch mehr Umschlä-
ge. Die Autoschlüssel fanden sich in der Jacke des Händlers.

April 2014, Schloss Friedenstein in Gotha

In sehr seltenen Fällen gelingt es Historikern, aus uralten Schriften Ereignisse vergangener Zeiten zu rekonstruieren und somit
Licht in Hunderte Jahre alte Geschichten und Gerüchte zu bringen. So kommen hin und wieder Geschehnisse ans Licht, die kol-
lektiv in Vergessenheit geraten waren, weil sie für die Bewohner
unangenehm waren – man hatte folglich nicht mehr darüber gesprochen. Gerd Schimming, seines Zeichens Historiker in der
Forschungsbibliothek von Schloss Friedenstein, war sich sicher,
einen solchen Fall entdeckt zu haben. Nun wollte er das Wissen
weitergeben, damit es nicht wieder im Dunkel der Geschichte
entschwand. Manchmal wurde daraus ein Artikel in der Zeitung, doch so interessant war es auch wieder nicht. Bestenfalls
würden sich ein paar interessierte Leute aus der Region finden
und vielleicht fand die Episode so Eingang in die Ortschronik.
Das kam im Grunde immer darauf an, ob es jemanden gab, der
ausreichend Enthusiasmus mitbrachte, es weiter zu verfolgen. In
diesem Fall wurde ihm ein Mann empfohlen, der sich hobbymä-
ßig als Stadtchronist beschäftigte und diese Aufgabe wohl mit
außergewöhnlicher Leidenschaft erfüllte. So zumindest wurde
es ihm vom Bürgermeister Ditfurt berichtet. Es klang ein wenig überspitzt, fast so, als wollte der Bürgermeister ihm gleichzeitig vor dem Eifer dieser Person warnen.

Schimming war es recht. Wenn man sich nicht für diese Geschichten begeistern konnte, dann wurde die Arbeit in den Ar-
chiven staubtrocken. Er sah einen Augenblick versunken zu einem Kollegen, der dafür das beste Beispiel abgab, als es kurz
aber energisch an der Tür klopfte. Herein kam ein drahtiger
Mann in den allerbesten Jahren.

„Herr Schimming? Guten Tag!"

„Guten Tag!", kam es fragend zurück.

„Sie sind der Stadtchronist aus Weißensee?"

Sein Gegenüber winkt energisch ab.

„Ich mache das rein ehrenamtlich. Bin seit letztem Jahr Rentner, ein Hobby muss man ja haben und die Stadt ist so ein wertvolles Stück Geschichte. Die Häuser sind ja nur darum in ihrer Ursprünglichkeit erhalten, weil zu DDR-Zeiten kein Material da war, um irgendetwas abzureißen und neu zu bauen. Nun ist das ein Glückstreffer, aber die Leute wissen das gar nicht, was für einen Wert das hat."

Er merkte selbst, dass er gerade mal wieder mit der Türe ins Haus gefallen war.

„Ach ja, Steinhöfer, Ernst Steinhöfer ist mein Name. Was haben Sie denn gefunden?"

„Kommen Sie mit, ich zeig es Ihnen gleich. Sehr interessant!"

Steinhöfer folgte Schimming in einen anderen Raum des weitläufigen Schlosses. Auf einem sehr modernen Schreibtisch lag eine alte handschriftliche Chronik. Während sich Schimming Handschuhe anzog, fragte er sein Gegenüber ein bisschen aus.

„Kennen Sie die Geschichte mit der Epidemie von 1478?"

Steinhöfer kannte sich aus. „Im Sterberegister sind 83 Tote eingetragen, obwohl es damals keine Pestepidemie im Reich gab. Es hielt sich lange das Gerücht, dass sich die ganze Stadt versündigt hätte."

Schimming war begeistert von seinem Gegenüber. Er klopfte mit dem Finger auf den Tisch.

„Sie glauben es jetzt noch nicht, aber da ist vielleicht was Wahres dran. Sehen Sie hier! Die Chronik von Bischof Adalbert."

Obwohl Ernst Steinhöfer schon des Öfteren alte Schriften in Kurrent gelesen hatte, war diese Schrift doch für ihn nicht entzifferbar. Schimming begann ab einer Stelle zu lesen, bis zu der eine Beschädigung reichte, die man nicht mehr rekonstruieren konnte:

„… gelangten in die Stadt zwei Beginen. Sie erbaten Nachtquartier in einem Wirtshaus. Bürger der Stadt, die dort zechten, begingen auf schändliche Weise Notzucht an den Beginen. Aus Furcht vor der Strafe des Bischofs mordeten sie schließlich die Frauen. Um ihre gottlose Tat zu verbergen, warfen sie die Leichname mitsamt ihren Habseligkeiten in den dortigen Brunnen und Bürger der Stadt traten hinzu und halfen, dass der Brunnen verschlossen wurde. Doch die Strafe des Herrn folgte alsbald. Der Tod kam in die Stadt und nach kurzer Zeit waren viele der Leute vom Fieber dahingerafft."

Steinhöfer war elektrisiert. „Vermutlich haben sie damit das Grundwasser verseucht. Tief unter der Stadt gibt es ein ergiebiges Wasserreservoir, das die einzelnen Brunnen miteinander verbindet. Das ist mal eine Geschichte, der muss man nachgehen."

„Machen Sie sich bloß nicht unbeliebt. Irgendwie wirft das ja ein zweifelhaftes Licht auf die Vorfahren der Bewohner Ihrer Stadt." Steinhöfer stieß ein kurzes Lachen aus.

„Ach, unbeliebt bin ich längst. Wenn man sich zu viel für den Denkmalschutz einsetzt, sind die Leute verärgert, weil sie ein paar Vorschriften einhalten müssen."

Weißensee, großer Saal des Gasthauses „Zur Krone"

Das Gasthaus „Zur Krone", einst als „Kaiserhof" der Mittelpunkt des gesellschaftlichen Lebens, war eines der Häuser, welche vier Jahrzehnte DDR überstanden hatten, deren Zukunft nun aber mehr als ungewiss war. Nach jahrelangem Rechtsstreit um die Eigentumsverhältnisse fand sich endlich ein Pächter mit einem neuen Konzept. Als reine Gaststätte konnte es nicht überleben, nach der Wende waren Kneipen und Gasstätten verwaist. Niemand gab dort sein Geld aus. Der große Saal sollte eine Art Multifunktionsraum werden, der zu besonderen Anlässen umgestaltet werden konnte. Im Alltag sollte jüngeres Publikum angesprochen werden. Als Herzstück war eine Bowlinganlage geplant, daneben Billardtische, Spielautomaten und eine ansprechende Bar, ganz im Trend der Zeit. Dann aber brachte irgendwer den Denkmalschutz ins Spiel. Ein Umbau wurde nicht genehmigt. Diese Entscheidung brachte großes Misstrauen mit sich. Es entfremdete die Menschen weiter von den Institutionen, man sah sich plötzlich wieder in der alten Rolle. Hier das gemeine Volk, dort die großen und kleinen

Machthaber, die alles entscheiden. Weil inzwischen auch der Stadtrat überlegte, ein neues Gemeindehaus zu errichten, natürlich mit einem großen Saal, waren die Aussichten für das Gebäude fragwürdig. Ausgerechnet der Denkmalschutz würde wohl der Tod des Gebäudes sein. Die Beamten hatten ihre Vorschriften ...

Noch war es nicht so weit, und der altehrwürdige Saal diente weiter als Versammlungsort mit Bewirtung. An diesem Abend war die Luft vom Qualm durchsetzt, es herrschte Kneipenstimmung. Das Rednerpult wurde Ernst Steinhöfer überlassen, der als Einziger hier im Saal einen Anzug mit eng gebundener Krawatte trug, die seinen Redefluss jedoch nicht behindern konnte. Er hatte soeben die Stelle aus der Chronik des Bischofes zitiert, was leider nicht das erhoffte Interesse beim Publikum hervorbrachte. Instinktiv hob er seine Stimme an, sodass es schon beschwörend klang:

„Das ist nicht in der Stadtchronik erwähnt. Der Brunnen ist wahrscheinlich immer noch verschlossen oder wurde später als Abfallgrube genutzt. Wir sollten ihn suchen und öffnen. Wahrscheinlich sind immer noch Gegenstände oder sogar sterbliche Überreste der Beginen erhalten. Die können geborgen und ausgestellt werden. Das ist doch eine Attraktion zum Stadtjubiläum nächstes Jahr!"

Seine energische Stimme hatte für Ruhe im Saal gesorgt, die sich in einer erwartungsvollen Stille fortsetzte, weil der Vortrag unerwartet und abrupt geendet hatte. Diese Stille unterbrach ein Zwischenrufer aus dem Saal:

„Habt's gehört, Männer? Morgen taucht jeder ab in seine alte Jauchegrube. Was wir finden, kommt ins Louvre!"

Der Saal brach in Gelächter aus, das sich aber schnell beruhigte und in allgemeine Heiterkeit überging. Als Ernst vom Rednerpult trat, winkte er kurz ab, war aber nicht verbittert. Er wechselte ein paar Worte mit dem Bürgermeister, doch der hob ratlos die Hände. Man sah ihm schon an, dass er enttäuscht war, und doch musste er selbst ein wenig grienen. Überhaupt schienen die Leute froh, mal wieder aus ihren Häusern herausgekommen zu sein. Es gab nur eine Person im Saal, die überhaupt nicht lachen konnte: Karsten Lehmann war blass und versteinert.

Ein Baumarkt im Norden Erfurts

An der Kasse saß ausgerechnet Inge, seine alte Schulfreundin. Sie begegneten sich hier öfters, wenn er Werkzeug kaufte. Doch heute war Lehmanns Wagen wirklich voll.

„Du willst wohl das Bad umbauen?"

„Ich bau 'ne Sauna und einen Fitnessraum."

„In die Sauna kannst du uns ja mal einladen, den Fitnessraum spar ich mir. Das ist 'ne ganze Menge Zeug, willst du das alles alleine machen?"

„Ich will den Keller ausbauen. Da musste immer über die enge Treppe runter. Da würde man sich nur gegenseitig im Weg stehen. Das mach ich alleine."

Nachdem sie alles gescannt hatte, saß sie wieder hinter der Kasse und schüttelte den Kopf, wie viel Zeug Lehmann da auf dem Wagen hatte.

„Also Karsten, wenn du das alles verbaut hast, dann bist du wieder fit, dann brauchst du gar keinen Fitnessraum mehr."

Lehmann hasste diese Ausfragerei, aber so war das hier.

Er hatte schon jahrelang nicht mehr daran denken müssen. Zumindest nicht direkt. Immer wenn er im Keller war, überkam ihn ein seltsames Gefühl. Das Loch war mit Stahlträgern und Platten verschlossen. Darauf hatte er die Steine, die er zuvor herausgehoben hatte, wieder eingesetzt und obwohl er wusste, dass es hält, war er doch instinktiv niemals darauf getreten. Er ging so gut wie nie da runter, dachte nicht daran, aber nun war es plötzlich wieder da. Es war wieder Realität geworden und nun musste es schnell gehen. Er kannte diesen hartnäckigen alten Mann, der ließ nicht locker. Er würde überall herumschnüffeln, bis er den Brunnen gefunden hatte. Und das Loch im Keller – das war genau das, was er suchte, da war sich Lehmann sicher. Es musste jetzt ein für alle Mal richtig verschlossen werden, für niemanden auffindbar, unerreichbar. Begraben unter dickem Stahlbeton.

Landesamt für Archäologische Denkmalpflege, Weimar

Eine Angestellte wurde auf dem Flur des Amtes angehalten. Sie hatte etwas Mühe, die Person, die sich ihr als „Stadtchronist" vorstellte, einzuordnen.

„Ich habe Sie richtig verstanden? Sie wollen hier keinen Antrag stellen, sondern nur jemanden sprechen, der Zugang zu mittelalterlichen Urkunden hat? Dann gehen Sie doch bitte den rechten Flur bis zum Ende. Die letzte Tür an der Stirnseite ist das Büro von Herrn Kleve. Vielleicht kann der Ihnen helfen."

Die junge Frau schien etwas genervt von solcherart Leuten, die hier mit Anliegen aufkreuzten, für die es kein passendes Antragsformular gab. Ganz anders verhielt es sich mit Jakob Kleve. Er hatte sofort verstanden, worum es Steinhöfer ging, und bemühte sich zu helfen.

„Ja, wenn Sie ganz großes Glück haben, finden wir noch alte Karten, auf denen die öffentlichen Brunnen der Stadt vermerkt sind. Ansonsten können Sie bestenfalls alte Straßennamen hernehmen. Sie zeigen mitunter an, wo sich bestimmte Gewerbe niedergelassen hatten, die frisches Wasser brauchten. Lassen Sie mich gleich mal nachschauen."

Zu Steinhöfers Überraschung schaute er nicht in einem muffeligen Keller nach, sondern im Computer.

„Weißenborn ... Weißenfels ... Weißensee! Hier haben wir es doch. Es gibt eine Urkunde, die die Stadt im 14. Jahrhundert darstellt. Aber nicht enttäuscht sein, wenn Sie da nicht so viel darauf entdecken. Kommen Sie, ich mache Ihnen eine Kopie."

Im Keller

Eine helle Baulampe erleuchtete den ganzen Raum. Von einem CD-Player dröhnte laut Musik. Er hatte sich nicht wohlgefühlt, als er die Abdeckung entfernte. Doch Müßiggang konnte er sich jetzt nicht leisten. Je eher die Arbeit erledigt war, umso besser. Die Musik spornte an und beinahe hätte er das Klingeln an der Haustür überhört. Als er es schließlich registrierte, zuckte er unwillkürlich zusammen. Kaum hatte er die Haustür geöffnet, rief ihm der Fahrer eines Lkws zu:

„Deine Fließen habe ich dir in die Torfahrt gestellt. Da steht ja schon genug rum. Willst du das Bad neu machen?"

„Nein, eine Sauna und Fitnessraum im Keller."

Er war genervt von der Ausfragerei.

„Warum hast du dann so viele Fensterstürze gekauft?"

„Ach, die Tür zur Treppe, da muss die Decke mal richtig abgefangen werden."

„Na dann, gutes Gelingen!"

„Wird schon."

Die Fensterstürze brachte Lehmann mittels eines Wagens in den Keller. Zwei U-Profile aus Stahl lagen auf den Treppenstufen, die hinab zum Keller führten. Sie dienten als Schienen für den Wagen, den er an einem Seil herabließ. Eigentlich war der Plan hierfür schon vor Langem in seinem Kopf entstanden. Der ganze Umbau. Das Geld aus der Tasche hatte er, bis auf eine Vermittlergebühr von dreitausend Euro, nicht angerührt. Die musste er dem Vermittler zahlen, damit es glaubhaft war, dass der Deal mit dem Silberschatz über die Bühne gegangen war und kein Verdacht aufkam. Er wollte so viel wie möglich ansparen, verkaufen und von hier wegziehen. Doch dafür musste der Keller sauber sein. Also das Loch musste nicht nur abgedeckt sein, sondern der Keller musste neu und so gut ausgebaut sein, dass der Nacheigentümer niemals auf die Idee kommen würde, den Fußboden herauszureißen.

Ob dann auch dieser seltsame widerliche Geruch verschwand?

Ein Telefonat

„Ich bin's, Karsten."

„Oh, lange nicht gehört. Was ist der Grund für diese Überraschung?"

„Ich habe noch mal Glück gehabt."

„Das bedeutet was?"

„Noch ein Bündel Münzen"

20

„Nein, echt jetzt?"

„Diesmal sind es 32 Stück! Lagen in einem alten Lederlappen, aber der ist total verfallen."

Eine kurze Pause trat ein, bis auf der anderen Seite der Groschen fiel.

„Du willst wieder meine Hilfe?"

„Ja."

Wieder verging eine kleine Weile mit Nachdenken.

„Wie hoch ist mein Anteil?"

„Das kann ich ja erst sagen, wenn ich das Angebot vom Käufer habe."

„Vorschlag: Mein Anteil ist 25 Prozent, das wären 8 Münzen, und ich bin beim Verkauf mit dabei."

„Vertraust mir wohl nicht?"

„Kann nicht schaden, wenn ich dabei bin. Wir sollten diesmal erst die Angebote vergleichen. Die kann man heute übers Internet einholen."

„Nein! Das ist mir zu unsicher. Da sind ganz schnell welche vom Amt dabei und bieten mit. Seit der Himmelsscheibe liegen die da doch auf der Lauer. Ich will das lieber telefonisch machen. Wer echtes Interesse hat, kommt auch vorbeigefahren."

„Also ich schicke dir eine Mail mit potenziellen Käufern."

„Schick mir einfach eine Liste per Post, so wie beim letzten Mal. Die kann keiner verfolgen."

„Meine Güte, du bist ja vorsichtig. Also gut, von mir aus. Ich mach mich gleich dran, übermorgen hast du die in der Post. Hast du mal darüber nachgedacht, dass da vielleicht noch mehr rumliegt?"

„Was meinst du, was ich hier mache? Ich wühle hier den ganzen Boden im Keller um."

„Die 25 Prozent gelten für alle Münzen, falls du noch welche findest! Klar? In diesem Sinne also: viel Glück!"

Wie gut, dass er nur von 32 Stück gesprochen hatte. 8 Stück davon konnte man verkraften. Wenn das Angebot stimmte, würde er die restlichen dann auch noch verscherbeln, natürlich ohne diesen Schmarotzer. Aber im Moment brauchte er ihn.

Landesamt für Archäologische Denkmalpflege, Weimar

Jakob Kleve schaute aufgeschreckt zur Tür. Er hatte Steinhöfer erst einmal getroffen. Und doch ahnte er anhand des eindringlichen Klopfens, wer da gleich hereingeschneit kommen würde. Ernst Steinhöfer wartete nicht auf ein „Herein!".

Er legte sofort los: „Guten Tag! Hätten Sie einen Augenblick Zeit? Ich brauch so 'ne Kamera."

„Guten Tag. Und nehmen Sie erst mal in Ruhe Platz. Was Sie suchen, läuft Ihnen ja nicht davon, da bin ich mir ziemlich sicher. Was denn für 'ne Kamera?"

Noch beim Hinsetzen erklärte sich Steinhöfer: „So eine Wärmekamera, mit der man den Boden nach Fundamenten absuchen kann."

„Eine Infrarotkamera? Ja, in der Tat. Wenn der Brunnen nur verschlossen wurde und falls sich noch immer ein Hohlraum darunter befindet, sollte es gut erkennbar sein. Andernfalls kann man auch eine massive Ummauerung aufspüren, aber da gehört eine ganze Menge Übung zu. Das teure Stück kann ich Ihnen aber nicht einfach so mitgeben. Das ist Eigentum vom Amt."

Ernst Steinhöfer wartete das Ende dieses Satzes kaum ab.

„Aber dafür ist die Kamera doch angeschafft worden. Wenn man damit etwas entdeckt, macht sie sich doch bezahlt!"

„Ich kann aber keinen Mitarbeiter abstellen."

Steinhöfer merkte, dass sich seine Hartnäckigkeit auszahlen würde.

„Ich kann die Kamera doch alleine bedienen. So wild kann das nicht sein. Ich habe die Zeit und ich weiß in etwa, wo ich suchen muss."

Steinhöfer lächelte schelmisch beim letzten Satz. Jakob Kleve merkte, dass er heute nicht mehr zum Arbeiten kommen würde, wenn er nicht eine Lösung für diesen Mann fand. Obendrein hatte Steinhöfer sein Interesse geweckt. Er überlegte eine kurze Zeit.

„Na gut. Ich werde einen Mitarbeiter informieren, der wird Sie einweisen und Ihnen die Ausrüstung übergeben. Ich bin überzeugt, wenn da etwas ist, Sie werden es finden. Gehen Sie doch bitte schon mal runter ins Untergeschoss. Ich rufe Herrn Zschärpe an. Fragen Sie unten nach ihm."

Steinhöfer war bereits aufgesprungen, als ob eine gespannte Feder in seinem Kniegelenk gelöst worden war.

„Vielen Dank!"

Er war schon draußen, bevor Jakob Kleve noch etwas sagen konnte. Während er nach dem Telefonhörer griff, musste er schmunzeln und schüttelte den Kopf dabei. Solche Mitarbeiter müsste man haben.

Im Keller

Das grelle Licht des Strahlers fiel auf ein quadratisches Fundament, welches inzwischen das Loch im Boden umschloss. Lehmann hob die schweren Fensterstürze einseitig an und legte so jedes Ende auf das Fundament. Danach machte er das mit dem anderen Ende und schließlich schob er sie einfach aneinander. Die unheimliche Stille des Raumes überdeckte er mit einem fürchterlichen Pfeifen. Je mehr von dem Loch überdeckt wurde, umso entspannter wurde er. Doch Angst ist ein natürlicher Instinkt. Er schützt uns vor Gefahren, die der Verstand noch nicht bewusst erfasst hat. Als Lehmanns Angst sich löste, fiel auch dieser Instinkt weg. Er trat mit einem Fuß in das Innere des Quadrates, woraufhin die Erde unter seinen Füßen nachrutschte. Mit einem schnellen Schritt nach vorn befreite er sich aus der Situation. Tief unten schallte das Platschen des Wassers, welches gierig das Geröll verschlang, das gerade abgerutscht war. Es schien, als ob der Brunnen Hunger hatte. Lehmann stieg auf das Fundament und blickte in das Loch, obwohl er wusste, dass es seinen Augen nichts preisgeben würde. Seit er es wieder geöffnet hatte, verbreitete es diesen seltsam moderigen Geruch im ganzen Haus. Er meinte, diesen Geruch zu erkennen. Er lag schon immer in diesem Keller, nur dass er jetzt eben viel intensiver geworden war. Der Geruch konnte doch nicht etwa noch daher stammen? Unmöglich! Das war so lange her! Das musste doch alles längst zersetzt sein. Egal! In wenigen Stunden würde es verschlossen sein und der ganze Spuk für immer ein Ende gefunden haben. Das brachte Lehmanns Zuversicht und Kraft zurück.

Schustergasse 10, Weißensee

Ernst Steinhöfer klingelte. Die Frau, die sofort öffnete, war in seinem Alter. Geblümte Kittelschürze und gelbe Haushaltshandschuhe zeigten, dass sie beschäftigt war, doch das ignorierte Steinhöfer.

„Inge, ich müsste mal bei euch draußen nachschauen und ein paar Bilder machen. Hier lag mal ein alter Hof und ..."

Sie schnitt ihm das Wort ab und stemmte die Hand auf die Hüfte.

„Ernst! Guten Tag erst mal! Und dann noch einmal, nur dass ich es richtig verstanden habe: Du willst also nachsehen, ob auf dem Hof ein Hof liegt?"

Steinhöfer hatte zwar bemerkt, dass die Formulierung seines Anliegens unsinnig klang, er ging jedoch nicht darauf ein.

„Ich habe eine Kamera dabei."

„Oh, das ist toll. Da mach ich mir schnell noch die Haare schön."

„Ach Inge, ich zeig es dir einfach."

Er nahm noch ein sperriges Stativ in die Hand, wodurch er wie ein Lastenträger einer Expedition wirkte, da er noch einen riesigen Rucksack auf dem Rücken trug, und lief so mit schnellen Schritten durch den Hausflur.

„Warte gefälligst, ich habe gerade gewischt!"

Zu spät, Ernst befand sich schon mitten im nassen Flur, als er merkte, dass er alles dreckig trampelte. Mit einem lauten „Oh" unterstrich er sein Schuldbewusstsein. Während er mit großen Schritten weiterging und die Hintertür zum Hof erreichte, rief er noch laut: „Entschuldige bitte!" und übertönte so die Hausfrau, die ihm zurief: „Timo ist draußen".

„Was?"

„Timo! Unser Hund."

Die letzte Erklärung hätte sie sich sparen können. Der Hund hatte die laute Unterhaltung gehört. Er stand schon direkt hinter der Tür und schlüpfte schnell durch den kleinen Spalt, der beim Öffnen der Tür frei geworden war. Sofort knurrte er los und hing an Steinhöfers Bein, aber ein energisches Anrufen – „Timo, aus!" – bewirkte, dass er augenblicklich zahm wurde. Er hatte es einfach als seine Pflicht angesehen, den Eindringling zu bekämpfen. Eigentlich war er ein ganz Braver und weil er spürte, dass er das richtig gemacht hatte, lief er mit wedelnder Rute zu Frauchen, um sich sein Lob abzuholen. Die fluchte, weil der Boden durch die Hundepfoten nun richtig dreckig war.

Am nächsten Morgen, Färbergasse 8, Weißensee

Lehmann frühstückte ausgiebig in seiner Küche. Die Anspannung von gestern war ein Stück verflogen, die Musik, die das Radio dudelte, war nicht sein Geschmack, doch sie brachte Normalität. Während die Zeitung noch zusammengerollt auf dem Tisch lag, goss er den Kaffee ein.

Plötzlich klingelte es. ‚Wird der bestellte Zement sein.' Es klingelte erneut, Lehmann war schon genervt.

„Ja, ja, ich komme schon."

Als er die Tür öffnete, stand der alte Mann vor ihm, bepackt mit Stativ und Rucksack.

„Guten Morgen. Wir kennen uns wohl noch nicht. Ich bin Ernst Steinhöfer, Stadtchronist, ehrenamtlich natürlich nur. Das Thüringer Landesamt für Archäologie hat mich beauftragt, dass ich hier Bodenuntersuchungen durchführe."

Er studierte währenddessen interessiert den alten Terrazzo-Boden des Hauses.

„Wissen Sie eigentlich, dass die Fundamente Ihres Hauses uralt sind? Die sind so massiv, weil früher hier einzelne Gehöfte, mitunter Rittergüter gestanden haben. Bevor die Stadtmauer gebaut wurde, hatten einzelne Gebäude schon massive Mauern zum Schutz vor Überfällen. Die Fundamente waren dementsprechend dick und werden seit Jahrhunderten immer wieder neu überbaut. Wenn Sie nichts dagegen haben, würde ich mir gerne mal den Keller ansehen."

Lehmann hatte den Redeschwall genutzt, um den Schreck zu überwinden. Gefasst formulierte er seine Antwort: „Ich kenne Sie! Ich habe Sie auf der Bürgerversammlung vor ein paar Wochen gesehen. Ich fürchte, bei mir werden Sie nicht viel finden, außer ein paar alten Kellerwänden, und die können Sie nicht ausgraben, auf denen steht mein Haus, genauso wie Sie's selber gerade erklärt haben."

„Viel mehr such ich auch nicht."

Er schickte sich an, seine Ausrüstung aus Stativ und Kamera aufzunehmen. Lehmann war genervt. „Lassen Sie die Sachen doch erst mal oben."

Steinhöfer folgte dem Rat und stellte alles im Flur ab.

„Ich baue den Keller gerade um, sein Sie vorsichtig. Auf den Stufen liegt Bauschutt."

Lehmann hatte seine Stärke wiedergefunden. Wie gut, dass er gestern Nachmittag weitergearbeitet hatte. Es war massiv verschlossen. Er konnte ihm ganz beruhigt den Keller zeigen, das war auch am unauffälligsten. Wenn er ihm jetzt die Tür vor der Nase zuhaute, kam ihm der Alte doch glatt mit dem Denkmalschutz und die wurde man nicht so schnell wieder los. Ernst Steinhöfer war von der Treppe fasziniert:

„Sehen Sie das Gewölbe? Was glauben Sie, wie alt das ist? Leider kann man das Alter von Steinwänden nicht direkt bestimmen, nur bei organischem Material geht das."

Unten angekommen, sah man, dass nur noch Wände und Decke aus den grauen Feldsteinen bestanden. Der Boden leuchtete rot von Backsteinen, die hier als Unterbau dienten.

„Schade! Sie haben den Boden ausgehoben. Nun stimmt der ganze Raum nicht mehr."

„Stimmt nicht mehr? Jetzt erst kann man hier ordentlich stehen."

„Sind Sie vielleicht auf runde Mauerreste gestoßen?"

„Nein! Glauben Sie etwa, hier liegt ein Schatz? Hier gibt's nur Dreck. Außer altem Dreck habe ich nichts mit dem Haus geerbt."

„Sie müssen den historischen Wert der Dinge erkennen. Warum haben Sie denn den Boden mit diesen Fensterstürzen ausgelegt? Da nimmt man doch Kies und macht Zement drüber?"

Mit dieser Frage hatte Lehmann nicht gerechnet. Steinhöfer verschaffte ihm eine Pause zum Überlegen.

„Haben Sie etwa einen Hohlraum gefunden? Ich suche nämlich einen uralten Brunnen."

„Ich hatte einfach noch Steine und Stürze vom oberen Geschoß übrig. Die Hausfront nach hinten habe ich letztes Jahr neu aufbauen müssen, die Balken waren vermodert."

„Ich hole nur schnell die Kamera."

Dabei war er schon fast die Treppe rauf.

„Was wollen Sie denn hier fotografieren?"

„Das ist eine Wärmebildkamera. Damit kann man Oberflächentemperaturen sichtbar machen. Wenn es inhomogene Strukturen im Boden gibt, dann erkennt man das an geringfügigen Temperaturunterschieden. Ich suche doch den Brunnen …"

Lehmann wurde leichenblass. „Moment mal!"

Oben angekommen, drehte sich Ernst Steinhöfer erst mal um. Er hatte den verbietenden Ton von eben registriert. Ein scharfer Ton, der irgendwie so gar nicht der Situation entsprach. Lehmann wechselte den Ton, plötzlich klang er wie ein Kind auf Entdeckertour.

„Meine Eltern haben mir mal erzählt, dass sie früher draußen auf dem Hof ein rundes Fundament gefunden haben. Ich weiß aber nicht, wo genau das gewesen ist."

Ernst Steinhöfer sprang sofort an und antwortete: „Ich bring gleich die Kamera. Können Sie das Stativ nehmen? Wir brauchen einen Platz, von dem aus wir etwas entfernter blicken können."

Der Innenhof war eingerahmt durch hohe Gebäude, ehemalige Ställe und Scheunen. Das Sammelsurium an Pflastern aller Art war durch vereinzelte Rasenflächen unterbrochen, die so gar kein stimmiges Bild ergaben. Ernst Steinhöfer hatte schon aus 3 verschiedenen Richtungen Aufnahmen gemacht, aber nichts entdeckt. Dabei war er sich so sicher, dass es hier sein musste!

Ein Klingeln an der Haustür reizte Lehmann erneut. Er war ein Mensch, der jedes Klingeln an der Haustür als ein Eindringen in seinen persönlichen Bereich wertete. Und so rief er sein obligatorisches „Ja, ja ich komme!". Draußen auf der Straße rief ein Fahrer „Baumaterialien für Lehmann – es ist auch 'ne ganze Palette Zement dabei. Wo soll ich das alles hinstellen?"

Eine Viertelstunde später, nachdem er auch den letzten Lieferschein unterschrieben hatte, ging Lehmann durch das Hoftor zurück. Was er sah, versetzte seinen Puls in Wallung: niemanden. Kein nerviger alter Mann mit Stativ und Kamera. Wut stieg in Lehmann auf. So lief er immer schneller werdend ins Haus und runter in den Keller. In einer Ecke dort stand Ernst Steinhöfer. Ruhig und konzentriert starrte er auf den Bildschirm der Kamera und ließ sich durch Lehmann nicht stören.

„Sehen Sie hier die runde Struktur? Das ist der Brunnen! Demnach sind wir hier an einer Stelle, an der im 14. Jahrhundert ein Wirtshaus stand. Was sagen Sie dazu?"

Lehmann war sprachlos, doch wie gewohnt wartete Steinhöfer nicht auf Antwort, sondern fragte weiter: „Warum wollten Sie mir den Brunnen denn verheimlichen?"

Lehmann war inzwischen aufgebracht: „Ich wohne hier und will mir was aufbauen. Ich kann es nicht gebrauchen, dass irgendjemand hier einen alten Steinhaufen findet und die Hütte unter Denkmalschutz gestellt wird. Und jetzt raus hier!"

Der letzte Satz war fast gebrüllt und Steinhöfer bemerkte Schweiß auf Lehmanns Stirn. Wortlos ging er zur Kamera und drückt noch ein paar Tasten. Das verschaffte ihm etwas Zeit zum Nachdenken, bevor er sich wieder Lehmann zuwendete. Diesmal im ruhigen und nicht fordernden Ton: „Ein Vorschlag: Wir lassen den Grund von ein paar Jungs aus dem Verein absuchen, machen dabei Fotos, bergen, was wir finden, und danach verschließen Sie alles wieder, bevor jemand vom Denkmalschutz überhaupt etwas mitbekommt. Ich muss es doch nicht sofort überall bekannt machen. Andernfalls, wenn ich der Stadtverwaltung berichte, was hier ist, dann kommt es bestimmt so, wie

Sie's gesagt haben. Die machen daraus eine archäologische Grabung, da bauen Sie gar nichts mehr."

Steinhöfer hob die Arme zu einer Geste, als ob es keinen anderen Ausweg gäbe. Er wusste, es handelte sich um Erpressung, aber es ging ja schließlich um die Geschichte der Stadt. Das rechtfertigte ja wohl einen kurzen Bauverzug. Nun ist der Kerl gut und gerne 40 Jahre ohne Sauna ausgekommen, da kommt es auf ein paar Tage nicht an.

Lehmann hatte sich inzwischen wieder an seine Arbeit gemacht, so als wäre niemand weiter da, so als stünde die Drohung von eben gar nicht im Raum. Doch es sammelten sich Schweißperlen auf seiner Stirn. Nur er selbst wusste, dass sie von seinen Gedanken herrührten und nichts mit der Arbeit zu tun hatten. Er musste nachdenken und das ging beim Arbeiten am besten. Abrupt stellte er die Schaufel an die Wand. Sein Gesicht war kreidebleich und die Stimme wechselte in einen gleichmäßigen ruhigen, fast weinerlichen Ton.

„Der Brunnen ist völlig trocken. Man sieht einige Gegenstände am Grund. Wir können ihn auch gleich aufmachen."

Steinhöfer war total begeistert. „Na dann tun wir das doch gleich mal."

Er hatte in seiner Tasche einen blauen Arbeitskittel, den er jetzt anstelle des Mantels überzog. Er war tatsächlich auf alles vorbereitet. Und nun begannen die beiden, Stück für Stück, erst die Steine und schließlich die schweren Fensterstürze selbst aus dem Verbund zu lösen. Je mehr das Dunkel des Loches zum Vorschein kam, umso euphorischer wurde Steinhöfer, umso apathischer wurde Lehmann. Steinhöfer rief über seine Schulter: „Ich brauche eine Brechstange!" und schon reichte sie ihm Lehmann, als wäre er der Assistent eines Chefarztes bei einer OP. Nun hatte er das Werkzeug zur Seite gelegt. Er hob die Hand, um den anderen zum Innehalten zu bewegen. Inmitten der Stille hörte er ein entferntes Platschen. Nein, er hatte sich eben nicht verhört. Das bedeutete, der Grund war mit Wasser gefüllt.

„Da steht Wasser drin. Sagten Sie nicht, er wäre trocken?"

„Dann muss erst kürzlich Wasser eingedrückt sein. Vor einigen Tagen war er noch trocken."

Während Lehmann das sagte, suchte seine zitternde Hand nach einem weiteren Werkzeug. Schließlich bekam er den Griff der Spitzhacke zu greifen. Ernst Steinhöfer stand tief gebückt über dem dunklen Loch, als könnte er es mit seinen Sinnen ergründen, ihm die dunklen Geheimnisse von Hunderten Jahren entlocken.

„Der ist mindest..."

Mitten im Satz hatte ein Schlag seinen Rücken getroffen. Er fiel nach vorn, konnte sich aber mit den Händen am Rand abstützen, während beide Knie noch auf den Fensterstürzen lagen. Ein dumpfes „Uah" schien eher aus seiner Brust als seiner Kehle zu kommen. Irgendetwas drückte in seiner Brust, übte Kraft aus, schob ihn vor und zurück. Lehmann versuchte, die Spitzhacke wieder herauszuziehen, doch er fand den richtigen Winkel nicht, sie hing fest. Er musste sie hin und her bewegen und gleichzeitig ziehen, bis er sie schließlich freibekam und das Werkzeug wieder in die Höhe richtete. Der zweite Schlag saß zielsicher genau im ersten. Ernst Steinhöfer nahm ihn kaum noch wahr. Seine Hände suchten nach Halt, doch alle Steine, die er greifen konnte, rutschten nach unten. Er schaffte es nicht mehr nachzufassen. Seine Bewegungen verliefen jetzt in Zeitlupe wie bei einem Faultier. Und während Dunkelheit in sein Bewusstsein trat, tauchte sein Körper in die Dunkelheit des Loches ein.

Lehmann warf die Spitzhacke hinterher.

Landeskriminalamt Thüringen, Erfurt

In einem der oberen Büros des neu errichteten Gebäudekomplexes breitete sich ein wohliger Dampf aus. Der Duft stieg aus Edgars Kaffeemaschine auf und hatte etwas Magisches. Tatsächlich hatte Carmen aufgehört, den ersten Kaffee des Tages zu Hause zu trinken. Dort sah sie ständig auf die Uhr und schluckte manchmal den viel zu heißen Kaffee schnell runter, wenn es schon spät war. Mit einem guten Start in den Tag hatte das nichts zu tun. Ganz anders war es im Büro. Die Ruhe, die ihr älterer Kollege stets ausstrahlte, machte den ersten Kaffee im Büro zu einem besonderen Erlebnis. Es war wie ein gemeinsames Aufwärmen, ein Kräftesammeln für den Tag. Nach einer unendlichen Zeit des Umrührens legte Edgar schließlich den Löffel beiseite und trank bedächtig den ersten Schluck seines Zaubertranks.

„Hast du schon was von unserem neuen Lehrling gehört? Die sollte sich doch heute bei uns melden. Wie hieß sie doch gleich? Fräu..."

Mit beiden Händen schlug Carmen auf den Tisch und stand plötzlich über denselben gebeugt, direkt in Edgars Augen schauend.

„Kriminalkommissaranwärterin Löhne heißt sie. Untersteh dich, sie Fräulein zu nennen!"

Edgar schmunzelte, weil Carmen so angeschlagen hatte, wie er es wollte. Ein bisschen ging da noch ...

„Bestimmt wieder eine junge schlanke Grazie mit Handtäschchen und Pfefferspray. Wir bräuchten junge Männer, die mit Menschen auch aus einem extremen sozialen Umfeld umgehen können."

Carmen ließ sich wieder in den Stuhl fallen.

„Hast du was gegen Frauen?" Diesmal schmunzelt sie.

„Sicher ist sie schneller als du und kann mit jungen Leuten besser umgehen." Nun konnte sie ihren Kaffee auch genießen!

„Was machen wir heute eigentlich?"

„Wir haben einen Vermisstenfall in Weißensee. Ein älterer Mann ist verschwunden. Vor dir liegt die Akte, ich habe sie gleich dreimal kopiert." Carmen hatte den sehr dünnen Ordner aufgeschlagen.

„Na so viel zu kopieren gab es da nicht. Warum sucht jetzt schon die Polizei?"

„Wenn du es lesen würdest, merkst du selbst, dass es sehr unwahrscheinlich ist, dass er einfach verreist ist. Der Mann hätte seiner Tochter Bescheid gesagt, wenn er verreist wäre. Er hat sich sehr für die alten Gemäuer interessiert, davon haben die dort eine Menge. Würde mich nicht wundern, wenn er beim

Herumstöbern in der Gegend einen Herzinfarkt bekommen hat und nun da irgendwo herumliegt. Sonderbarerweise hat man ihn noch nicht gefunden. Ich kann dir alles andere im Auto erzählen. Wir fahren gleich los, sobald unser Lehrling da ist."

Carmen holte gerade tief Luft, fest entschlossen, die letzte Bemerkung nicht so stehen zu lassen, als es klopfte und die Tür langsam und zögerlich aufging. Herein kam eine schlanke brünette Frau. Sie hatte auch eine Art Handtasche dabei.

„Bin ich hier richtig? Katharina Löhne ist mein Name. Ich bin Kommissaranwärterin und soll Sie bei der Suche nach einem Vermissten unterstützen. Sie können mich auch Katti nennen."

„Sie sind hier richtig. Carmen Klepp ist mein Name."

Nun fielen die Blicke auf Edgar, der inzwischen vom Stuhl aufgestanden war, die Jacke überstreifte und mit einem Schmunzeln zu Carmen blickte.

„Na dann mal los."

Und schon war er an den verdutzten Frauen vorbei Richtung Tür. Katharina schaute mit hochgezogenen Augenbrauen Hilfe suchend zu Carmen.

„Habe ich etwas falsch gemacht?"

Die schmunzelte nur und winkte ab. Auf Katharinas Gesicht zeichnete sich ein fragendes Lächeln ab. Sie hob kurz die Arme. Die Kommunikation zwischen den beiden funktionierte auf Anhieb und brauchte keine Worte. Im Fortgehen erklärte Carmen: „Nennen Sie ihn einfach Griesgram. Da weiß jeder, wer gemeint ist. Ich glaube, das steht sogar in seinem Pass."

„Das habe ich gehört", tönte es von vorne.

Carmen nickte Katharina zu. „Sehen Sie?"

Das Thüringer Becken schließt sich nördlich an Erfurt an. Seit die neue A 71 die flache Landschaft durchschnitt, war der Verkehr auf den Bundesstraßen zurückgegangen und die Fahrt nach Weißensee fast beschaulich. Allenfalls die Landschaft selbst gab kein unbeflecktes Idyll ab. Jahrelange intensive Landwirtschaft hatte unübersehbare Narben hinterlassen. Feldraine waren begradigt, Büsche und Bäume abgeholzt worden. Von der ‚Überlegenheit des Sozialismus‘, aber auch von misslungener Privatisierung der 90er-Jahre zeugten zerfallene Ställe mit Wellasbestdächern und hässlichsten Betonplatten, die einst als Wege dienten. Doch das Land erholte sich langsam.

Während Edgar und Carmen nur selten ein paar Worte wechselten, nutzte Katharina die entspannte Zeit auf dem Rücksitz, um den Ordner, der nur 3 Seiten enthielt, voller Diensteifer zu durchstöbern.

„Sein Auto steht noch vor seinem Haus. Aber er könnte doch auch mit einem Bus gefahren sein. Ist das denn üblich, dass die Polizei schon nach einem Tag sucht?"

Edgar klärte auf: „Er hätte seiner Tochter Bescheid gesagt, wenn er verreist wäre."

„Hier steht auch, er hat sich unbeliebt gemacht, weil auf sein Betreiben hin einige Gebäude unter Denkmalschutz gestellt wurden, die der Bürgermeister abreißen lassen wollte. Das klingt nach Auseinandersetzung. Aber die werden ihn doch nicht wegen so was um die Ecke gebracht haben? Ich schätze, er hat nur die Nase voll vom Kleinstadtleben und den spießigen Leuten und wollte mit seinem Weggehen einfach die Frage provozieren, die sich jetzt alle stellen: Wo ist er nur hin? Und wir sind dabei die Deppen."

Carmen spürte die ablehnende Haltung Edgars. Doch sie konnte die Spannung nicht entschärfen. Edgar holte schließlich aus: „Der Mann ist alleinstehend, seine Frau ist vor einigen Jahren verstorben. Er wird ein sehr inniges Verhältnis zu seiner Tochter, seinem einzigen Kind, haben, was man daran sieht, dass sie sein Verschwinden gleich der Polizei gemeldet hat. Wenn er andere ärgern wollte, hätte er seiner Tochter gesagt, dass alles in Ordnung ist. Er wohnt schon sein ganzes Leben hier. Nach ihrer Definition ist er selbst ein Spießbürger und dass er weggegangen ist, um etwas zu erleben, widerspricht seinem Hobby. Er beschäftigt sich mit der nicht sehr aufregenden Vergangenheit seiner alten Stadt."

Eine kurze Pause diente Edgar zum Luftschnappen, dann kam es schnell hintereinander raus: „Glauben Sie vielleicht, dass der jetzt die Nächte in Hamburg auf der Reeperbahn durchzecht, weil er sein verborgenes Ich finden will? Sie sollten mal die Realität registrieren, wir sind nicht im Marienhof und zum Depp macht man sich meistens selber. Wir sind da!"

Bäckerei Wolf in Weißensee

„Sie wünschen bitte?" Die Verkäuferin war Ende dreißig und ihr warmherziges Wesen untermalte die behagliche Atmosphäre, die vom Duft der Hefe geprägt war und in Carmen ein wohliges Gefühl aufkommen ließ. In ihrer Kindheit gab es nur solche Bäcker und wenngleich es dort nicht so viele verschiedene Gebäckstücke gab, wie die Backshops heutzutage anbieten, Brot und Brötchen, die diesen Duft erzeugten, waren viel besser.

„Wir sind von der Kripo Erfurt und würden gern Frau Recke sprechen."

Augenblicklich wichen Fürsorglichkeit und Selbstvertrauen. Zurück blieb eine Tochter in Angst und Sorge um ihren geliebten Vater.

„Oh, äh ... ich muss erst kurz jemanden rufen, der mich ablöst."

Neue Kundschaft hatte den Laden betreten und stellte sich hinten an. Jasmin Recke vertippte sich mit dem Handy, bis sie es endlich am Ohr hielt. Es schien aber niemand abzunehmen. Sie steckte das Handy genervt weg.

„Einen kurzen Moment bitte."

Als sie durch die Tür nach hinten raus wollte, kam ihr eine ältere Frau entgegen.

„Ich muss nur hinten das Brot noch rausnehmen. Das dauert 10 Minuten."

Hilflos wandte sich Jasmin wieder an Carmen, doch die kam ihr zuvor.

„So eilig haben wir es nicht. Bedienen Sie erst mal die Kundschaft, wir trinken einen Kaffee und wenn dann Ihre Chefin übernimmt, würden wir uns gerne zusammen die Wohnung ihres Vaters genauer anschauen. Ich habe Ihren Angaben entnommen, dass Sie einen Schlüssel zu seiner Wohnung haben."

Jasmin wirkte gelöster. „Vielen Dank"

Während die drei zu einem kleinen Tisch im Raum traten, wurde die nachgerückte Kundschaft bedient.

„Guten Tag. Was soll es sein?" Jasmin Recke hat sich wieder gefangen. Die Arbeit gab ihr Rückhalt.

Carmen genoss derweil den Duft der Hefe.

Steinhöfer bewohnte das Erdgeschoss des Wohnhauses eines alten Hofes. Katharina, die den unerwarteten Rüffel von vorhin noch nicht verdaut hatte, betrat als Letzte die Wohnung. Sie hatte vor, sich an der Arbeit der beiden Kommissare zu orientieren, doch ihre eigene Art ließ sich nicht regulieren. Sie registrierte, dass die altmodischen Möbel gut aufeinander abgestimmt waren und schon im Flur eine klare Ordnung herrschte. Die Möbel waren keine zufälligen Stücke, achtlos gekauft und zusammengestellt. Vielmehr hatte hier alles seinen angestammten Platz und als Ganzes strömte es Harmonie aus, die nicht zu einem steifen alten Mann passte, sondern vielmehr auf einen sehr vitalen Menschen hindeutete. Dafür sprach auch, dass sich kein Schuhanzieher bei den abgestellten Schuhen fand und es keine Slipper, sondern ausschließlich Schnürschuhe gab. Fast wäre sie mit Edgar zusammengestoßen, der eine plötzliche Kehrtwendung in Richtung Jasmin machte.

„Können Sie bitte am Kleiderschrank prüfen, ob etwas fehlt? Eine Reisetasche etwa oder Kleidung? Ich schaue mal nach dem Rasierzeug im Bad. Und du, Carmen, siehst bitte mal nach, ob in der Küche leicht verderbliche Lebensmittel sind. Obst zum Beispiel. Das hätte er bestimmt nicht liegen lassen, wenn er verreisen wollte."

Katharina hatte wieder das Gefühl, dass sie Edgar störte. Sie kam sich hier fehl am Platz vor und heftete sich an Carmens Fersen. Bereits der erste Blick in die Küche verriet den beiden Frauen, dass Ernst Steinhöfer nicht vorhatte zu verreisen. Dort lag Obst offen in einer Schale.

„Ich schaue mal im Kühlschrank nach", rief sie zu Carmen und erhielt ein zustimmendes Lächeln zurück.

„Hackfleisch." Sie sprach es laut aus und beließ es bei diesem einen Wort. Der Kühlschrank war geordnet und keine überlagerten Lebensmittelreste fanden sich in den Ecken. Nicht mal angebrochene Wurstverpackungen; Ernst Steinhöfer bewahrte alles in Plasteboxen auf. Keine Frage, ein derart ordentlicher Mensch hätte das Hackfleisch nicht im Kühlschrank liegen gelassen und wäre dann verreist.

Der letzte Raum war das Wohnzimmer und als sie es betraten, tat sich eine Überraschung auf. Vielleicht die erste Spur?

‚Hier sieht es aus wie in einer Studentenbude' war Carmens erster Gedanke. Gefolgt von der Frage, ob hier eingebrochen worden war. Noch bevor sie diese Frage stellen konnte, erkannte sie das feine Schema, welches all die Bücher, Aktenordner und Karten ergaben, die nur scheinbar zufällig aufgeklappt waren und sich über Tisch und Boden verteilten. Auch Katharina hatte das bemerkt. Herzstück des ganzen bildete die Kopie einer uralten Karte, die auf einer großen Pinnwand angeheftet war und Markierungen durch zahlreiche eingesteckte Nadeln aufwies. Katharina konnte den Eifer des Mannes regelrecht atmen.

„Sagen Sie, räumt ihr Vater die Unterlagen nicht immer auf? Passt es zu ihm, dass sie so durcheinander liegen?"

„Wenn es um sein Hobby geht, dann ist er ganz schön versessen."

„Ich stelle mir nur die Frage, ob hier ein Fremder etwas gesucht hat."

Jasmin zuckte zusammen „Sie meinen, dass hier ein Fremder in der Wohnung war? Also der Schreibtisch sah in letzter Zeit immer so aus."

„Wieso in letzter Zeit? Womit beschäftigt er sich?"

„Ach, er will einen alten Brunnen ausfindig machen. Da hat er sich mal wieder sehr verbissen. In dem Brunnen liegen wohl die Überreste zweier ermordeter Frauen."

Edgar und Carmen stutzten überrascht.

„Also im Mittelalter wurden die angeblich ermordet. Mein Vater will das bergen. Sein Traum ist es, eines Tages ein kleines Heimatmuseum zu eröffnen, und da würden sich die Sachen gut machen. Leider interessiert das hier niemanden und das ärgert meinen Vater. Er will den Brunnen allein finden, bis zum Stadtjubiläum nächstes Jahr. Daran arbeitet er wie versessen und darum auch die Unordnung, die Sie hier sehen."

Von jedem Buch, jedem Ordner und besonders auch von dieser seltsamen Karte machte Katharina mit dem Handy Fotos, während Edgar und Carmen Jasmin weiter befragten, als ob sie sich in einem Verhör befanden.

„Was ist das für ein Gerücht mit dem Denkmalschutz? Ihr Vater wollte einige Häuser unter Schutz stellen lassen, gegen den Willen der Besitzer? Ist da was dran?"

Jasmin musste kurz aufstöhnen.

„Ganze Straßenzüge wollte er unter Denkmalschutz stellen. Damit hätte man immer nur Kopfsteinpflaster verbauen dürfen, Parkplätze wären auch schwierig gewesen und An- oder Umbauten nahezu ausgeschlossen."

Carmen übernahm die Fragen, die jetzt unweigerlich gestellt werden mussten.

„Wer hat sich denn am meisten über Ihren Vater aufgeregt? Gab es da auch handfeste Drohungen?"

Jasmin war plötzlich wieder von Angst gepackt. Tränen sammelten sich in den Augen und sie konnte das Nein nur durch ein Schütteln des Kopfes äußern.

Auf der Rückfahrt bemühte sich Edgar, ein Thema anzusprechen, ohne gleich zu übertreiben. Nachdem sie losgefahren waren, wandte er sich an Katharina.

„Fotos von möglichen Tatorten macht üblicherweise die Spurensicherung. Nicht dass Sie die Handyfotos verteilen ..."

Katharina blieb völlig gelassen.

„Das war mit dem Diensthandy, alles okay."

Edgar beließ es dabei. In Wahrheit wusste er nicht, ob das nun erlaubt sei oder doch nicht. Und während er darüber sinnierte, endete plötzlich die Straße an einem Baustellenschild, was ein abruptes Stoppen nach sich zog.

Carmen sagte: „Die Umleitung ging bestimmt vorne rechts ab. Wir müssen zurücksetzen."

Katharina unterbrach sie: „Nein, nein, wir können hier rechts rein. Ich komme aus der Nähe und fahre öfters durch."

Nachdem Edgar die winzige enge Gasse bemerkt hatte, blickte er ungläubig nach hinten.

„Sicher?"

„Nur Mut!"

Die enge Gasse wurde nicht breiter. Sie fuhren jetzt unmittelbar hinter der Stadtmauer entlang und die Häuser auf der linken Seite schienen zur gleichen Zeit errichtet worden zu sein wie die Stadtmauer. Das Kopfsteinpflaster aus der Zeit der Reformation erfuhr nach dem Dreißigjährigen Krieg die letzte Ausbesserung.

Ein Durchbruch in der Stadtmauer erschien Edgar und Carmen wie eine Befreiung, wie ein Tor, bei dessen Durchfahrt sie einen Zeitsprung in die Gegenwart durchliefen. Zwar führte diese Asphaltstraße noch durch ein Labyrinth aus Baustellenschildern, doch Katharina lotste ihren Chef besser als jedes Navigationssystem hindurch.

Auf der Fahrt nach Erfurt waren alle in ihre Gedanken versunken, nur Carmen sprach aus, was alle drei dachten: „Er hat vielleicht einen Herzinfarkt bekommen, als er in irgendeiner gottverlassenen Scheune rumgekrochen ist, und konnte nicht mehr um Hilfe rufen, weil er mit dem Handy keinen Empfang hatte."

Edgar meinte: „Fürchte ich auch. Für ein Verbrechen gibt es kein Motiv. Morgen fangen wir an zu suchen. Nur leider weiß ich nicht, wo wir beginnen sollen. Vielleicht finden wir heraus, wohin ihm seine Suche geführt hat und schauen da zuerst nach."

Landesamt für Archäologische Denkmalpflege, Weimar

Kaum hatte sich Holger als letzter seiner sechs Kollegen zum Frühstück an den Tisch im Pausenraum hingesetzt, klopfte es an der Tür. Er schluckte den Kaffee schnell herunter und rief zur Tür: „Antragsteller Nummer 853 bitte eintreten. Die Reihenfolge der Aufrufe ist unbedingt einzuhalten. Ihre Bearbeitungsnummer erhalten Sie im 2. Stock, links!"

Ein leichtes Schmunzeln ging durch den Raum. Die Türe war inzwischen aufgegangen und herein trat eine schlanke junge Frau mit langen Haaren und einem Pony, der super zu ihrem Stil passte. Wären die Haare nicht so pechschwarz gewesen, würde man einen skandinavischen Typ vermuten.

„Guten Morgen! Es gibt doch hier gar keinen 2. Stock!"

Holger ergänzt mit monotoner Stimme: „Es gibt auch kein Sekretariat und keine Bearbeitungsnummern und keinen Grund, uns außerhalb der Sprechzeiten beim Frühstück zu stören!"

Er hatte eigentlich vor, jetzt genüsslich in sein Brot zu beißen und die weitere Konversation demonstrativ mit vollem Mund fortzuführen, denn jetzt war nun mal Frühstückspause und die Besucher sollten sich an die Sprechzeiten halten, aber die Aura der Frau vor ihm hielt ihn ab und er ergänzte: „Außer man ist weiblich, single und nicht blond. Guten Morgen! Sie haben gerade die letzte Bearbeitungsnummer des heutigen Tages erhalten. Melden Sie sich bitte heute Abend in der Erfurter Straße 32!"

„Na, na – so läuft es bei mir nicht. Ich bestelle meine Typen zu mir und wer kneift, kriegt Handschellen verpasst!"

Holger blieb cool. „Oh, wo soll ich heute Abend hinkommen?"

„Landeskriminalamt Erfurt!"

Katharina hielt dabei ihren Ausweis vor seine Nase. Diese Runde war eindeutig an sie gegangen.

„Dann machen wir heute mal eine Ausnahme und Sie kriegen jetzt sofort einen Termin. Worum geht's?"

Katharina hatte inzwischen das Foto von Ernst Steinhöfer auf dem Handy gefunden und zeigte es in die Runde.

„Ernst Steinhöfer. Er wird seit wenigen Tagen vermisst. Er hatte vor einiger Zeit mit dieser Behörde telefoniert."

Beim Anblick des Fotos reagierte einer der Kollegen sofort.

„Ach ja, der war hier! Ich erinnere mich. Vor ein paar Tagen war das. Wollte einen zugeschütteten Brunnen finden. Der war richtig besessen."

Holger musste dazwischenreden: „Er wird doch nicht reingefallen sein, in seinen Brunnen?"

Sein Kollege ließ sich aber nicht irritieren: „Was ist denn dann mit der Kamera?"

Katharina fragte verwirrt: „Welche Kamera?"

„Er hat eine Wärmebildkamera ausgeliehen."

Ein anderer rief aus der Runde: „Der hat bestimmt einen Schatz ausgegraben und ist nun über alle Berge. Die Kamera siehst du nie wieder."

„Das wäre nicht so schlimm. Es war so eine uralte. Die sind längst abgeschrieben."

Holger griff sich an die Stirn.

„Die mit den Bleiakkus?"

An Katharina gerichtet ergänzte er: „Der liegt mit Bandscheibenvorfall im Krankenhaus."

Katharina bemühte sich, den Überblick zu behalten.

„Wie sah diese Kamera aus?"

„Im Keller haben wir noch ein paar von den Dingern. Aber gehen Sie doch erst mal zum Chef, Herrn Kleve. Er hatte das angewiesen. Vielleicht kann der Ihnen sogar sagen, wo der Mann suchen wollte."

Jakob Kleve saß hinter seinem Schreibtisch, auf denen sich die Aktenberge stapelten. Offensichtlich gab es viel abzustempeln und einzuheften. Er sah zunächst etwas missgestimmt aus, als er die Besucherin über den oberen Rand der Brille musterte. Vielleicht hatte auch er etwas gegen Störungen in der Frühstückspause?

„Guten Morgen, Katharina Jöhne von der Kripo in Erfurt. Kann ich Sie einen Moment stören?"

Überrascht nahm Jakob Kleve die Lesebrille von der Nase, stieg vom Stuhl auf und hatte schon ein Lächeln im Gesicht, das allerdings den Widerwillen in Bezug auf seine momentane Arbeit nur wenig verbergen konnte.

„Nichts dagegen, ich muss ohnehin mal Pause machen und den Kopf freibekommen. Guten Morgen auch."

Katharina war entsetzt über diese Aktenflut, so wollte sie niemals arbeiten.

„Na, das papierlose Büro, was die Verwaltungschefs immer so propagieren, ist bei Ihnen aber noch nicht so umgesetzt."

„Das Einzige, was hier regelmäßig papierlos ist, sind die Toiletten."

„Oh, na zum Glück liegt die Lösung dieses Problems ja bei Ihnen auf dem Tisch."

Dabei nickte Katharina mit dem Kopf in Richtung seines Schreibtisches. Einen winzigen Moment brauchte Jakob Kleve, um zu verstehen, was sie meinte. Dann machte er kurz große Augen und pochte mit dem Zeigefinger auf den Schreibtisch.

„Ich werde Ihren Vorschlag zur Prüfung einreichen."

Katharina hatte ein breites Grinsen aufgesetzt, das ihn unweigerlich ansteckte.

„Oder besser doch nicht."

Sie hatte ihn zum Lachen gebracht. Er musste den Kopf schütteln.

„Was führt Sie denn nun zu mir?"

„Wir suchen Ernst Steinhöfer."

Dabei hatte sie wieder das Foto auf dem Handy gezeigt.

„Ja, ja, Ernst Steinhöfer, Stadtchronist aus Weißensee. Wieso wird er vermisst?"

Katharina berichtete kurz von der Vermisstenanzeige.

„Klingt in der Tat seltsam. So wie ich ihn hier erlebt habe, glaube ich nicht, dass er plötzlich eine Urlaubsreise angetreten hat. Er war so richtig fixiert auf den Brunnen, verstehen Sie? Regelrecht versessen."

„Was hat er Ihnen darüber erzählt?"

Jakob Kleve konnte Katharina keine konkreten Orte nennen, an denen Steinhöfer gesucht haben könnte. Er erzählte ihr von der Kopie der Karte, die er ihm mitgegeben hatte. Katharina hatte sie in Steinhöfers Wohnzimmer gesehen. Er erinnerte sich noch, dass Steinhöfer erwähnt hatte, er wüsste in etwa, wo er suchen müsse und dass er sich durch sein Engagement für den Denkmalschutz unbeliebt gemacht hatte. Als Katharina schließlich um Fotos und Beschreibung der Kameraausrüstung bat, die Ernst Steinhöfer ausgeborgt hatte, telefonierte er mit einem seiner Mitarbeiter und wies ihn an, ihr eine der Kameras im Untergeschoß zu zeigen.

Als sie den staubigen Keller betrat, war bereits alles aufgebaut. Der Mann hatte seine Aufgabe so verstanden, dass er ihr eine Lehrvorführung gab. „Hier sind das Stativ, die Kamera und eine externe Bildschirmanzeige. Auf dem integrierten Bildschirm kann man nichts erkennen, darum hat man die noch dazugekauft. Zusammen mit der klobigen Kamera ist das ein ganz schönes Gewicht, wenn man irgendwo unterwegs ist."

Während seines Monologes macht er irgendwelche Einstellungen an der Software.

„Geht das Gerät auch draußen? Ich meine bei Sonneneinstrahlung oder geht es nur bei Bewölkung und in geschlossenen Räumen?"

Katharina dachte daran, Ort und Zeitpunkt des Verschwindens einzugrenzen, denn sie hatten diese Ausrüstung nicht in seiner Wohnung gesehen. Da er sie nicht zurückgegeben hatte, musste sie mit ihm verschwunden sein.

„Natürlich, draußen und in Räumen, alles kein Problem. Allerdings macht es bei Sonnenschein nicht unbedingt Sinn, wenn Sie Bodenstrukturen suchen. Die Oberflächentemperaturen werden dann vom Aufheizen durch die Sonne bestimmt, dann spielt der Wärmerückfluss aus dem Boden die untergeordnete Rolle. Man muss eben die Bilder auch deuten können. Passen Sie auf!"

Die Kamera war auf eine Kellerwand mit einem Regal gerichtet, doch die Darstellung auf dem Bildschirm sah völlig anders aus. Dunkelblaue bis violette Konturen hoben sich vor schwarzem Hintergrund ab. Erst als der Mitarbeiter ins Bild trat, gab es plötzlich gelbe und orange Konturen, die von der Körperwärme herrührten und einen Menschen erahnen ließen.

Der Mann merkte, dass seine Lehrvorführung bei Katharina verfing. „Man muss zuerst ein Verständnis dafür entwickeln, was die Bilder bedeuten können."

„Nutzen Hobbyschatzsucher auch solche Geräte?"

„Kann ich mir nicht vorstellen. Solche Leute suchen doch nach Gold und Silber oder auch Bronze. Die benutzen Metalldetektoren. Mit so einer Kamera kann man nur alte Fundamente, Grabsteinplatten oder alte Wallanlagen entdecken. Wer damit

Schatzsuche betreibt, sollte besser am Klondike Gold waschen. Die paar Klümpchen, die man dort findet, haben sicher mehr Wert als das, was man hier ausbuddeln kann."

Färbergasse 8, Weißensee

Ihm war klar, dass das Verschwinden Steinhöfers es noch dringender machte, das Höllenloch im Keller endgültig zu verschließen. Nur konnte es nicht einfach abgedeckt werden, denn, wie der Alte es vorgemacht hatte, verrieten diese verfluchten Kameras, was sich unter dem Boden verbarg. Was, wenn noch weitere selbst ernannte Historiker hier mit solchen Geräten aufkreuzten? Oder vielleicht sogar die Polizei? Was, wenn die sogar im Keller grüben? Idealerweise hätte er es verfüllen müssen, doch so tief, wie das war, hätte man dafür Erde anfahren lassen müssen. Wie sollte er dann wieder erklären, wohin diese Erde verschwunden war, falls er darauf angesprochen wurde? Er würde auf jeden Fall darauf angesprochen. Und es würde getratscht, wenn es dafür keine plausible Erklärung gab. Er musste handeln, aber alle diese Dinge mussten beachtet werden und keinem durfte etwas auffallen. Darum hatte Lehmann seinen Plan geändert.

Nun schuftete er schon seit 06:00 Uhr in dem muffigen Keller. Das Loch schien allmählich seinen Schrecken zu verlieren. Überhaupt, es roch nicht mehr. Oder hatte er sich etwa daran gewöhnt?

Zwei Wochen Urlaub hatte er kurzfristig nehmen können. Das musste reichen. Länger ließen die Bullen sicher nicht auf sich warten. Zwar konnte er Steinhöfers Spuren etwas verwischen, aber irgendwann würden sie hier aufkreuzen. So in Gedanken versunken flog plötzlich das kleine Stemmeisen zur Seite. Er hatte mit dem Hammer schräg darauf geschlagen und der harte Untergrund ließ das Eisen zur Seite springen. Er hörte noch den Platsch tief unten im Wasser, als das Stemmeisen eintauchte. „Verdammt!" Die runde Plattform, auf der er stand, war aus massiven Holzbohlen gezimmert. Sie hing an 3 dicken Stahlketten und pendelte etwas hin und her, wenn er sich auf ihr bewegte. Manchmal schlug sie an den Rand des Brunnens an, der aus schweren Feldsteinen gemauert war. Die ersten Reihen der Steine konnte er von oben wegnehmen. Doch nach einem halben Meter war Schluss. Wohl oder übel, er musste in den Brunnen rein, um die ersten Meter der Steinumrandung zu entfernen. Mit dem Stemmeisen hatte er die Steine aus dem uralten Mauerverbund gelockert, um sie dann, einen nach dem anderen, abnehmen zu können. Nun griff er zum nächsten Werkzeug, der neuen Spitzhacke. Er schlug von oben zwischen Erde und einen Stein und versuchte, die Spitzhacke als Hebel zu benutzen. Gleich nach dem zweiten Schlag steckte sie fest. Lehmann zog am Stiel, doch nicht die Spitzhacke bewegte sich, sondern nur die Arbeitsplattform mit ihm darauf gab ein Stück nach. Er drückte sie zur Seite und das gleiche Spiel begann. Nun versuchte er es mit einem ständigen Wechsel, drückte nach vorn und zog wieder zurück und plötzlich spürte er es wieder, dieses Gefühl. Genauso hatte es sich angefühlt! Er spürte durch diesen Griff die Bewegungen, die der Alte verursacht hatte, als er dem Loch entkommen wollte. Die wenige Kraft, die der Alte noch aufgebracht hatte, übertrug sich durch die Spitze, die in seiner Brust steckte, und den Stiel des Werkzeuges in seine Arme. Er erinnerte sich genau daran und es war ihm nicht unangenehm. Er entschied über das Leben des anderen. Mit seinen Händen hatte er es dann zu Ende gebracht.

Plötzlich lockerte sich der Stein und Lehman war wieder in der Realität. So bekam er die Steine nicht los. Während er die Stufen der kurzen Leiter erklomm, um aus der Werkstatt ein neues Stemmeisen zu holen, reifte in Lehmann die Erkenntnis: Er würde es nicht rechtzeitig schaffen! Der Plan war gut, aber die Zeit reichte dafür nicht aus.

Lehmann war bis in die Küche gegangen, um nachzudenken. Eine kleine Pause tat jetzt auch gut. Kurz entschlossen griff er zum Handy und suchte eine Nummer, die dort eingespeichert war. Nachdem er sie schließlich gefunden hatte, atmete er zweimal konzentriert durch und drückte den grünen Button. Die Verbindung baute sich auf.

„Ja?"

„Es ist einfach passiert, du musst mir helfen!"

„Moment, wer ist da? Karsten, bist ..."

„Es war ein Unfall, ein Unfall verstehst du?"

„Karsten? Nun beruhige dich erst ..."

„Der Alte kam einfach so reingeschneit. Ohne zu klingeln kam der einfach durch das Tor in den Keller runter und meinte, er wäre beauftragt, einen Brunnen zu suchen. Macht man das so?"

„Karsten, komm runter und beruhige dich."

„Habe zugestimmt, um Frieden zu wahren, und tatsächlich haben wir so ein Loch unter zwei großen Sandsteinen gefunden. Aber jetzt kommts: Als ich kurz draußen war, hat der die alte Kommode durchstöbert und die Münzen gefunden! Deinen Brief auch. Ich hatte ihn in einer Klarsichthülle. Den hat er gleich eingesteckt, Beweismittel ... Hat mich angebrüllt, das müsste gemeldet werden! Illegale Schatzsuche und so. Der ließ nicht mit sich reden, hat die ganze Zeit nur rumgebrüllt."

„Karsten, ruhig, bleib ruhig!"

„Das wollte ich mir nicht gefallen lassen und hab versucht, ihm den Zettel wieder abzunehmen... Dabei ist es dann passiert."

„Was ist passiert?"

„Der Alte ist gestolpert und reingerutscht."

„In den Brunnen?"

„Ich wollte den noch rausziehen, hab aber nur seine Jacke erwischt."

„Hast du die Feuerwehr gerufen?"

„Mann, das Loch ist bestimmt 20 Meter tief und unten steht Wasser drin. Der ist nicht mal mehr zu sehen, der ist mausetot!"

„Ruf doch die Polizei und erklär es Ihnen."

„Erklären? Die Münzen und den Brief mit den Adressen? Das glauben die mir doch nie, dass der von alleine da reingestolpert ist!"

„Wieso kannst du die Münzen nicht einfach verstecken?"

„Weil der den Umschlag in den Händen gehalten hat, als er abgestürzt ist!"

„Mit dem Brief?"

„Ja, der Brief mit unseren Namen und den Händlern, der liegt jetzt mit ihm da unten in deiner Klarsichthülle."

Manuel begriff allmählich, was das bedeutete.

„Du musst mir helfen! Wenn die den finden, bin ich erledigt. Und du gleich mit!"

Lehmann spürte Überlegung und Zweifel am anderen Ende der Leitung. Jetzt ging es darum, Druck zu machen.

„Wir haben keine Zeit, wir müssen das Drecksloch wieder verschließen!"

„Und den dort begraben?"

„Der ist mausetot! Und das Loch hat Jahrhunderte lang keiner gefunden. Es tut ihm nicht mehr weh, wenn wir den Deckel wieder drauflegen, wir begraben ihn doch nur an einer anderen Stelle, als er normalerweise liegen würde. Oder willst du lieber in den Knast?"

Manuel wischte sich über die Stirn, auf der sich langsam Schweißperlen sammelten. Was sollte er tun? Wenn die Polizei den Brief entdeckte, dann war er dran. Ob es bei einer Bewährungsstrafe bliebe? Und was würden die alles noch bei ihm finden? Worauf hatte er sich da nur eingelassen!

„Also gut. Ich komme gleich nach Feierabend."

„Am besten du kommst hinten rein, wenn es schon dunkel ist."

„Hinten?"

„Ja, gib einfach ‚hinter der Mauer' ins Navi. Ich warte da. Ach und schreibe nur noch auf dieser Handynummer – und keine Namen … Ja? Alles klar? Ich verlasse mich auf dich. Ich fange schon an. Je eher dieser Albtraum vorbei ist, desto besser!"

Lehmann lächelte zufrieden. Es würde jetzt schneller gehen. Allerdings hatte er nun einen Zeugen. Bevor er das neue Stemmeisen holte, ging er noch einmal runter in den Keller und nahm die Spitzhacke mit. In der Werkstatt ging er zum Schleifblock. Die Funken sprühten heftig und verfingen sich auf seiner Hose, sodass er die Hitze durch den Stoff spüren konnte.

Normalerweise wäre er zurückgetreten, doch heute genoss er das. Die Spitze glühte schon. Allmählich wurde sie immer dünner, spitzer und schärfer. Für Erdarbeiten war diese Seite nicht mehr zu gebrauchen.

Landeskriminalamt Thüringen, Erfurt

Katharina brannte darauf, den beiden alten Hasen ihre Neuigkeiten mitzuteilen. Endlich konnte sie etwas Wesentliches beitragen. Als sie das Büro betrat, telefonierte Edgar gerade.

„Wir werden morgen noch einmal gezielt suchen. Sollte sich keine Spur auftun, dann wollen wir das gesamte Gelände um Weißensee herum absuchen. Beginnen würden wir mit einem Hubschrauber mit Wärmebildkamera. Den See nehmen wir uns später vor. Was er suchte, ist vermutlich nicht im oder am See zu finden. Es ist eher wahrscheinlich, dass er die nahe Umgebung abgesucht hat."

Kaum hatte Edgar aufgelegt, klingelte das Telefon schon wieder.

„Keilert. Ja, Polizeirevier Nord. Ja, wir würden gerne die Bevölkerung um Mithilfe in einem Vermisstenfall aufrufen."

Dabei blickte er in den Raum und fixierte Carmen.

„Kommissarin Klepp wird sich gleich bei Ihnen melden. Sie hat bereits einen Absatz formuliert … Es muss nur auf der Regionalseite erscheinen. Wir rechnen nicht damit, dass sich der Gesuchte andernorts in Thüringen aufhält."

Nach dem Telefonat trat ganz plötzlich Ruhe ein. Genau der Augenblick, auf den Katharina gewartet hatte. Sie berichtete kurz und knapp, was sie von Steinhöfers Vorhaben erfahren hatte, zeigte Fotos von der Kamera und den Taschen und Kisten und freute sich, dass keiner der beiden sie unterbrach. Allerdings hatte sie den Eindruck, Letzteres könnte auch am Kaffee liegen, den die beiden gerade genüsslich tranken. Das schien hier so eine Art Ritual.

Carmen sagte: „Wenn er diese ganze Montur dabei hatte, dann muss das in der Zeitung erwähnt werden. Ein Mann mit solchem Kram fällt auf jeden Fall auf."

„Oder die Kisten stehen noch irgendwo bei ihm. Wir fahren gleich noch mal in seine Wohnung und schauen da genauer nach! Lass uns beeilen, wir dürfen den Redaktionsschluss nicht verpassen", antwortete Edgar.

Nachdem sie die Tür zu Steinhöfers Wohnung aufgeschlossen hatten und durch den kurzen Flur ins Wohnzimmer gelangten, verschlug es allen die Sprache. Sämtliche Ordner lagen nun nicht mehr nach einer geheimnisvollen Ordnung aufgeklappt übereinander. Sie waren aufgerissen und die Papiere verschwunden. Alles war aus den Regalen herausgenommen worden und soweit es nicht von Nutzen schien, lag es einfach auf dem Boden verteilt. Auch das ganze Kartenmaterial war verschwunden. Dort, wo der geheimnisvolle Plan mit den Kreisen gehangen hatte, sah man noch die abgerissenen Ecken, wo die Karte mit Klebeband befestigt war. Schlagartig wurde allen dreien bewusst, dass das Verschwinden von Ernst Steinhöfer nicht die Folge seines natürlichen Ablebens war. Irgendjemand hatte ihn aus dem Leben gerissen und nun versucht, die Spuren, die ihn möglicherweise überführen könnten, zu beseitigen. Und dieser jemand war ihnen gerade zuvorgekommen. Für Katharina fühlte es an, als ob mit der Zerstörung seiner Arbeit auch Ernst Steinhöfer getötet worden war. Der Mann, der sein Zuhause so gut eingerichtet hatte, würde es niemals wieder betreten. Während es für Carmen und Edgar Routine war, stiegen in ihr Wut und Trauer auf.

Bauabschnitt 21 der neuen Autobahn 71

Beim Auswechseln des Baggergreifers spürte Mario das Vibrieren am Oberschenkel. Laut fluchend befreite er seine Beine aus der Schlammschicht, die bereits so hoch war, dass sie beinahe in den Schaft seines linken Gummistiefels hereingeschwappt wäre. So sah sie aus: seine alltägliche Arbeit. Im Weggehen hatte er das Handy endlich aus der Hosentasche herausgezogen und sich mit einem lauten „Was?" gemeldet, das die typischen Baustellengeräusche der Umgebung übertönen sollte.

„Ja, habe ich erledigt."

Nach einer Weile des Zuhörens: „Ja, vielleicht, weil dort noch andere wohnen? Was denkst du? Wenn die Feuerwehr anrückt und löscht, dann sind die Papiere vielleicht noch in Teilen vorhanden. Und möchtest du wegen Anstiftung zum Mord verurteilt werden, wenn sie mich geschnappt hätten? Und meinst du, ich bin ein Mörder? Ja, du Schwachmat. So ist nur ein Haufen Papier verschwunden. Das hebt die Bullen nicht an. Wenn der das anzeigt, lachen die sich schief."

„Bin ich blöd oder was? Klar, der Mist ist längst entsorgt. Und zwar richtig. Da gibt es nichts mehr nachzuweisen, nicht mal mehr Asche."

Damit beendete er das Gespräch und Mario sah sich erst mal in der Gegend um, ob er auch wirklich alleine war.

Er wollte die Bruchbude so schnell wie möglich verkaufen. Doch im jetzigen Zustand würde sie nichts bringen. Zumindest von außen musste einiges geschehen. Darum hatte er diese Drecksarbeit angenommen. Man konnte ganz gut verdienen und war nicht auf Montage. Jeden Abend schaffte er dann an der alten Bude. Aber es würde ihn nicht einen Tag länger hier halten. Sobald der Verkauf über die Bühne gegangen war, würde er von hier verschwinden. Fragte sich nur, wann das sein würde.

Vor ein paar Tagen hatte ihn dann Lehmann angesprochen. Der Kerl, der bei der Versammlung so einen Stuss erzählt hatte, wollte wohl die Häuser der ganzen Straße unter Denkmalschutz stellen lassen. Nach der Versammlung war er noch in der Kneipe geblieben und konnte die lebhaften Diskussionen verfolgen. Es war noch viel schlimmer als gedacht. Hier saßen einige am Tisch, denen Steinhöfer mit seinem Denkmalschutz mächtig in die Suppe gespuckt hatte. Es musste schnell gehen. Der Verkauf musste über die Bühne gehen, bevor die ihm einen Strich durch die Rechnung machten. Wenn nicht, würde er den alten Kasten nie los, sein sauer verdientes Geld da reinstecken und ewig hier im Dreck feststecken. Bei diesem Gedanken sah er wieder zu seinen Stiefeln, zwischen denen schon wieder nasser Matsch hochgequollen kam. Das machte ihn richtig wütend.

Es war schon richtig, dass er auf Lehmanns Plan eingegangen war. Der besorgte den Schlüssel, während Steinhöfer in einer Aussprache mit den anderen Anwohnern saß. Da musste es heftig zugegangen sein. Währenddessen konnte er sämtliche Akten verschwinden lassen. Natürlich könnte sich der Alte die Akten wieder zusammensammeln. Es waren ja durchweg Kopien. Aber ob er da noch Lust zu hatte? So oder so würde es ihm Zeit verschaffen. Warum steckte dieser Alte überhaupt seine Nase da rein? Das ging ihn gar nichts an!

Das einzig Seltsame daran war die Urzeit. Dass die Aussprache bis Mitternacht gehen sollte und Lehmann ihm unbemerkt die Schlüssel abgenommen hatte, erschien Mario im Nachhinein irgendwie merkwürdig.

Landeskriminalamt Thüringen, Erfurt

„Kriminalpolizei Erfurt! Sie sprechen mit Carmen Klepp. Was kann ich für Sie tun?" Nach einer kurzen Pause sah sie zu Edgar rüber.

„Oh, Sie haben die Anzeige gelesen. Und wissen Sie etwas über den Verbleib von Herrn Steinhöfer? Aber Sie haben gesehen, wie er an diesem Tag in ein Haus hineingegangen ist? Ja, können Sie mir die Straße und Hausnummer nennen? Okay, habe ich mir notiert. Vielen Dank. Ich werde Sie nachher noch mal zurückrufen. Bis dahin also."

„Na, wer sagt es denn? Schon der erste Hinweis auf Ernst Steinhöfer. Ich fahre jetzt raus und frage nach, ob der dort gewesen ist. Du schiebst heute Telefondienst mit Katharina, da könnt ihr euch auch gleich mal 'n bisschen besser kennenlernen."

Edgar war verblüfft über Carmen. Er erkannte in ihrem forschen, aber wohlüberlegtem Auftreten ein Stück weit seine eigene Art wieder. Sie hatte sie sich von ihm abgeguckt.

Eine halbe Stunde später drückte Carmen einen Klingelknopf. Als die Tür sich nur einen Spalt breit geöffnet hatte, zwängte sich ein stattlicher Hund nach draußen und knurrte los.

„Timo, aus!", rief eine Frauenstimme hinter der Tür.

Wenigstens hörte Timo aufs Wort.

„Kriminalpolizei Erfurt! Wir suchen einen Herrn Steinhöfer. Er wird seit einigen Tagen vermisst."

„Ach, den Ernst? Hier ist er nicht. Was macht der nun für Sachen! Der ist in letzter Zeit nicht wiederzuerkennen. Ist hier durchgestapft mit so einer komischen Kamera."

Carmen unterbrach die Frau: „Er war also bei Ihnen. Können Sie mir sagen, wann das war?"

„Ja, natürlich kann ich das. Es war kurz vorm Mittag, so ungefähr halb zwölf. Ich hatte nämlich gerade durchgewischt. Mein Mann kommt immer viertel eins nach Hause zum Mittagessen. Na, wenn der da gewesen wäre, das hätte Ärger gegeben. Der läuft hier einfach durch, als ob er hier zu Hause wäre. Der hat manchmal kein Benehmen."

Carmen unterbrach wieder: „Ja, aber wann?"

Die Frau fiel ihr ins Wort: „11:30 Uhr war das. Da hat er geklingelt und er ist nach circa 20 Minuten wieder losgedampft, nachdem er seine komischen Bilder gemacht hat."

„Aber welcher Tag?" ‚Tag' hatte Carmen jetzt besonders betont, um endlich klarzumachen, was sie meinte.

„Also den Tag weiß ich gerade nicht mehr. Doch! Mir ist ja noch der Hackbraten angebrannt, weil ich hinterherwischen musste! Also weiß ich's doch!"

Es folgt eine kurze Pause, als ob die Spannung steigen sollte. Carmen hatte schon tief luftgeholt, da kam doch noch die Antwort: „Am Donnerstag war's."

Carmen fragte geduldig: „Letzte Woche Donnerstag?"

Im Büro fiel der erwartet Ansturm von Anrufen aus Weißensee überraschenderweise aus. Das war nun gar nicht das, was Edgar erwartet hatte, und es ärgerte ihn. Seine Laune wurde nicht besser, als der Bericht der Spurensicherung aus Steinhöfers Wohnung vorlag. Tatsächlich gab es, außer von ihm selbst und von seiner Tochter, keine weiteren Fingerabdrücke in der Wohnung. Nun gut, das war nicht unbedingt zu erwarten. Die genetische Bestimmung möglicher fremder Haare, die aus dem Teppichboden gesaugt wurden, würde noch eine Weile dauern. Tatsächlich hatte man nicht mehr als den Teil eines Schuhabdruckes, der aufgrund einer klebrigen Substanz am Boden entstanden war und zu keinem der Schuhe von Steinhöfer passte. Edgar bezweifelte, dass das die ‚heiße Spur‘ werden würde. Immerhin bestätigte das alles die Vermutung, dass die Wohnung nicht Schauplatz eines Verbrechens geworden war. Steinhöfer hatte die Wohnung aus freien Stücken verlassen und wollte sicher am gleichen Tag zurückkehren.

Katharina hatte inzwischen sämtliche Handyaufnahmen ausgedruckt und schob sie zu Edgar über den Tisch rüber. ‚Was für eine Verschwendung von Tinte‘, dachte sie für sich, sprach es aber natürlich nicht aus. Jedenfalls sah Edgar die Fotos intensiv an. Vielleicht brauchte er eben das Papier zum Nachdenken. Bis jetzt hatte er noch fast nichts gesagt, doch eine Eigenart von ihm war es, Gedanken, die sich zu einer Hypothese verdichteten, laut auszusprechen. So kam doch noch eine Konversation mit Katharina zustande.

„Auf den Ordnerrücken hat Steinhöfer die Hausnummern und Straßen vermerkt. Das einzig schlüssige Motiv ist, dass er den Denkmalschutz auf ein Haus aufmerksam machen wollte, dessen Eigentümer das auf keinen Fall wollte."

Katharina entgegnete: „Aber darum bringt man doch niemanden um?"

Edgar war in Gedanken längst weiter und antwortete: „Nein, ich denke, es kam zu einer Auseinandersetzung. Steinhöfer neigte dazu, sich stark aufzuregen, und hat im Zuge einer Handgreiflichkeit vielleicht durch eine Affekthandlung sein Leben verloren. Mit dem Einbruch wollte der Täter eine Spur verwischen, die vermutlich direkt zu ihm führt. Unser Täter besitzt ein altes Haus in Weißensee."

Edgar hatte die Fotos in zwei Stapeln abgelegt. Der rechte enthielt Aufnahmen der Ordner, die nach seiner Auffassung zum Täter führen würden. Der linke Stapel betraf alles andere, auch die seltsam anmutende Karte aus dem Mittelalter, die mit Kreuzen und Kästchen geschmückt war. Irgendwie konnte er sich keinen Reim darauf machen. Doch er hätte nicht diesen Nimbus erhalten, wenn er kleinste Spuren übersehen hätte.

„Es kann natürlich auch eine falsche Fährte sein. Vielleicht hat er dieses Chaos bewusst angerichtet, um davon abzulenken, was Steinhöfer wirklich suchte. Ich glaube, es zwar nicht so, aber wir sollten das auch prüfen."

Nun nahm er doch die Bilder vom linken Stapel, sah sie an und reichte sie an Katharina weiter.

„Woher bekommt man so alte Karten? Wo werden die gelagert?"

Blitzschnell erinnerte sich Katharina: „Unter den Handyverbindungen war auch eine Nummer der Forschungsbibliothek in Gotha gespeichert."

„Gut aufgepasst. Ich würde sagen, Sie fahren gleich mal dorthin. Hier brauche ich Sie gerade nicht. Finden Sie raus, ob er dort war, ob die Karte von dort stammt und was die Kreuze und Kästchen zu sagen haben."

Katharina wusste, dass Steinhöfer die Karte aus dem Landesarchiv in Weimar hatte. Doch die Möglichkeit, alleine zu ermitteln, begeisterte sie total.

„Am Ende finden wir noch einen Schatz."

Edgar hob die Augenbrauen. Das war ihm schon wieder zu unprofessionell. Er glaubte nicht daran, dass es etwas bringen würde. Aber so war er wieder alleine und konnte besser nachdenken. Und Carmen hatte keinen Grund, ihm den Kopf abzureißen, wenn sie wieder da war, denn sie würde augenblicklich wissen, dass er die Praktikantin weggeschickt hatte, weil sie ihn störte.

Anders war es bei Katharina auch nicht. Sie spürte Edgars Abneigung und freute sich, selbstständig etwas tun zu können. Ihr erstes Praktikum und dann gleich so ein Fall! Außerdem dachte sie an Jasmin. Sie war fast in ihrem Alter. Was für eine schreckliche Nachricht, wenn sie die Wahrheit erfuhr. In Katharina war eine Entschlossenheit geweckt.

Auf Schloss Friedenstein nahm sie ein Herr Schimming in Empfang. Die Telefonnummer hatte sie direkt zu ihm geführt. Auch er konnte sich gut an Steinhöfer erinnern. Als Katharina ihm den Grund ihres Besuches nannte, schüttelte er den Kopf und sagte nur „sonderbar". Auf ihren Anruf hin hatte Gerd Schimming die alte Chronik bereitstellen lassen und schien froh zu sein, so eine wissbegierige Zuhörerin gefunden zu haben. Er erzählte ausgiebig den Teil der Geschichte, der das Verschwinden der Frauen und das rätselhafte Sterben in Weißensee betraf. Stellenweise war es ihr peinlich, dass sie so oft nachfragen musste. Was waren denn ‚Wanderbeginen'? Aber Schimming hatte eine Bärengeduld. Er vergaß nicht, zu erwähnen, dass Steinhöfer vermutete, dass die Leichen möglicherweise das Grundwasser der ganzen Stadt verseucht hatten. Wären sie nicht ermahnt worden, dass bald Schließzeit war, hätten sie glatt die Nacht in dem Schloss verbringen oder den Alarm auslösen müssen, denn das Schloss beherbergte auch wertvolle Gemälde. Was anderen Sammlungen gerade widerfuhr, war auf Schloss Friedenstein bereits Ende der Siebzigerjahre geschehen. Einige der wertvollsten Gemälde waren bei einem spektakulären Kunstraub gestohlen worden und blieben verschollen. Der rüstige Herr Schimming war davon noch immer bedrückt, das verriet seine Sprache. In der Folge wurde das Schloss gut gesichert. Nun liefen sie beide durch diese unendlichen Korridore und hatten das Gefühl für Zeit und Raum verloren.

Die Rückfahrt nach Erfurt dauerte nur eine halbe Stunde. Um diese Zeit war niemand mehr im Büro anzutreffen, also fuhr sie direkt zu ihrer kleinen Apartmentwohnung. Sie lag in einem neu gebauten Haus im Norden Erfurts, Parkplatz vor der Tür. Alles klein, genau das, was sie als Single brauchte. Eigentlich war sie kein Single-Typ, aber es hatte sich so ergeben. Als sie das Studium begann, war die Beziehung zu Thomas schnell abgekühlt. Es gab keine gemeinsamen Themen mehr, jeder hatte plötzlich sein eigenes Leben. Aber Katharina wusste, dass sie diesen Weg gehen wollte. Nachdem sie aufgeschlossen hatte, fiel ihr auf, dass auch ihre Wohnung eine bestimmte Ordnung hatte. Was sagte das über sie aus? Sie hatte ihre eigene Wohnung noch nie mit diesen Augen betrachtet. An der Garderobe hing nur das, was genau der Jahreszeit angemessen war. Der dünne Schal war ordentlich zusammengelegt. Diese Wohnung war alles andere als eine Studentenbude. Diese Wohnung, das war sie selbst. Sie selbst war strukturiert und sie fand das gut so, sie fand sich gut so.

Nur das Praktikum hatte sie sich anders vorgestellt. Bis jetzt war sie nicht Teil eines Teams. Sie nahm sich vor, sich morgen besser einzubringen. Es würde ein langer Tag werden, darum ging sie schon früh schlafen.

Sie sah an sich herunter. Sah einen braunen schmutzigen Umhang aus grobem Leinengewebe. An einigen Stellen klafften kleine Löcher, an denen das Gewebe bereits ausfranste. Einzig ihre Sneakers waren ihr vertraut und gaben ihr Kraft, denn sie musste laufen. Sie musste immer weiterlaufen, denn sie hatte kein Zuhause mehr. Nur, wo würde sie Zuflucht finden? Sie hatte keine Freunde, keine Menschenseele, zu der sie sich flüchten konnte, und die Kerle hinter ihr brachten ihr den Tod! Sie sah ein Licht vor sich, ganz deutlich. Dort waren Menschen, bis dahin musste sie es schaffen. Das Licht gehörte zu einem niedrigen Lehmhaus. Je mehr sie dem Haus näher kam, umso erleichterter wurde sie. Sie wird Zuflucht finden! Als sie schließlich ankam, öffnete sich die Tür. In der Mitte des Raumes befand sich ein Brunnen. Um diesen herum standen die Männer, die sie eben noch verfolgt hatten, und lachten höhnisch.

Der Schreck, der folgte, ließ sie erwachen. Die Mystik dieses Tages und der Traum entließen sie nicht mehr in den Schlaf. Die Chronik, jenes Buch, aus dem ihr heute vorgelesen worden war, war zu der Zeit entstanden, als die Beginen ermordet wurden. Der Brunnen wurde jahrhundertelang verheimlicht. Hatte Steinhöfer ihn gefunden? Hatte das überhaupt etwas mit seinem Verschwinden zu tun? Wenn es eine Verbindung gab, wie konnte man sie nachweisen? Immer wieder erwachte sie aus dem Halbschlaf. Katharina grübelte fast die ganze Nacht hindurch. In den frühen Morgenstunden erwachte sie wieder und plötzlich hatte sie eine Idee. Es war eine minimale Chance, zu einer Spur zu kommen, und es hörte sich idiotisch an. Aber immerhin, sie wollte die Chance nutzen. Gleich morgen, nein, gleich heute früh.

Ein Parkplatz in Weißensee

Früh am Morgen startete die Suchaktion. Anwohner schauten verwundert auf die Kolonne der Polizeitransporter, die sich da gerade in Reihe aufstellten, als würde jeden Moment der Fanblock von Rot-Weiß Erfurt hier durchziehen. Einige dachten, die hätten sich verfahren oder es sei eine Übung. Jedenfalls konnte sich zunächst keiner einen Reim auf das Spektakel machen. Ungeachtet der Verwunderung der Leute war die mobile Polizeistation in kurzer Zeit aufgebaut. Herzstück bildete der Hubschrauber, der bereits hoch über ihren Köpfen kreiste und die Aufmerksamkeit sämtlicher Einwohner auf sich zog. Mit seiner Wärmebildkamera war es tatsächlich möglich, einen Leichnam auch noch nach Tagen im Gelände aufzuspüren. Möglich machte dies die geringe Wärme, die der Verwesungsprozess freisetzte. Nach Sichtung eines Objektes würden die mobilen Teams die Untersuchung am Boden fortsetzen.

Ob Edgar offiziell zum Einsatzleiter bestimmt worden war, wusste nicht mal Carmen, vermutlich nicht mal er selbst. Es hätte wohl vor Ort auch keinen Unterschied gemacht. Er teilte die Teams ein, beorderte den Hubschrauber in bestimmte Bereiche und besprach sich mit Carmen. Er sah dabei so routiniert aus, als ob er das jeden Tag machen würde. Edgar hatte noch eine große Karte an der Trennwand des Transporters befestigt, auf der er die untersuchten Gebiete eintrug. Natürlich wurden hier Laptops mit spezieller Software zur Lagedarstellung verwendet, aber er meinte, dass die statische Karte einen besseren Gesamtüberblick verschaffe, was sich im Laufe des Tages bewahrheitete. Es kam keine Langeweile auf. Ständig liefen Funksprüche rein, wurden Positionen bestimmt und Einsatzteams losgeschickt. Es wäre in ein Chaos ausgeartet, wenn Carmen und Edgar nicht so reibungslos und konzentriert funktioniert hätten, wie sie es taten. Katharina war in keiner Weise in den Ablauf eingebunden. Sie hatte sich in eine Ecke geklemmt und schien unkonzentriert. Es war ihr sehr willkommen, als Edgar sie plötzlich bat, in Steinhöfers Wohnung nach der Uhr am Herd zu schauen. Er verriet nicht, was er damit bezwecken wollte, doch sie befolgte die Anordnung und fotografierte die Uhr, die falsch ging. Auf dem Weg ergab sich für sie die Gelegenheit, auf die sie fieberhaft gewartet hatte. Zweimal wurde sie durchgestellt, bis man sie endlich mit der richtigen Person verbunden hatte. Katharina bemühte sich, ihre Frage so sachlich wie möglich zu stellen. In Wahrheit war sie aufgeregt wie ein kleines Kind vor der Weihnachtsbescherung. Wider Erwarten vernahm sie ein „Ja", und nun war es mit der gespielten Sachlichkeit vorbei.

„Echt jetzt? Ja, bitte halten Sie mich da auf dem Laufenden. Es liegt der Verdacht auf ein Tötungsdelikt vor."

Sie konnte es kaum fassen, die ganze Grübelei hatte sie letztendlich auf eine Spur gebracht. ‚Was werden die beiden sagen?' Als Katharina die mobile Wache wieder betrat, fiel Carmen sofort auf, dass sie wie ausgewechselt wirkte: wach, konzentriert und zufrieden. Außerdem hatte sie Kaffee für ihre beiden Chefs dabei.

Kurz nach Mittag brach Edgar den Einsatz ohne Ergebnis ab. Die restlichen Flächen waren Felder, die zu dieser Jahreszeit noch völlig brach lagen. Hier musste man nicht genauer suchen. Niemand hätte dort ungesehen einen Leichnam vergraben und an der Oberfläche lag auch nichts, man konnte die ebenen Ackerflächen kilometerweit einsehen. Als sie am Nachmittag in die Bürostühle kippten, merkte man den beiden alten Hasen doch eine gewisse Erschöpfung an.

„22 Uhr 51", sagte Edgar zur Verblüffung der anderen beiden plötzlich.

„Der Einbruch bei Steinhöfer am Dienstag dauerte bis 22 Uhr 51. Als der Kerl die Wohnung betrat, schalteten die Bewegungsmelder im Flur das Licht ein. Er hat wohl den Schalter nicht gefunden oder wollte nicht riskieren, dass noch andere Lampen angehen. Also hat er kurzerhand den FI-Schalter ausgeschaltet. Der Sicherungskasten ist ja direkt im Flur. Als er wieder gegangen ist, legte er den Schalter wieder ein, dachte wohl, so ist das am unauffälligsten. Dabei ist die Uhr am Herd auch wieder eingeschaltet worden und hat bei null Uhr begonnen."

Er zog eines der Fotos, die Katharina mit dem Handy gemacht hatte, hervor und hielt es in die kleine Runde. Als wir die Wohnung betreten haben, ging diese Uhr noch auf die Minute richtig. Heute geht sie eine Stunde und 9 Minuten vor. Mit etwas Glück hilft uns das weiter. Sonst noch irgendwelche Ideen, was mit Steinhöfer bzw. seinem Leichnam passiert sein könnte? Carmen, kam was bei den Befragungen der Telefonzeugin raus?"

Carmen sah ratlos aus. Sie hob die Schultern. „Mit dem Schrubber erschlagen und von Timo gefressen."

Edgar antworte verdutzt: „Hä? Motiv?"

Carmen entgegnete: „Steinhöfer hat den frisch gewischten Flur verdreckt!"

Edgar musste lachen. „Das leuchtet ein."

Sie waren kein Stück weitergekommen.

Katharina konnte nun nicht mehr an sich halten. Das war der Moment, auf den sie gewartet hatte! Es platzte förmlich aus ihr heraus.

„Ich meine, wir sollten uns auf den Brunnen konzentrieren. Schließlich ist es seltsam, dass er den Brunnen sucht und verschwindet. Im Mittelalter sind dort die Leichen zweier ermordeter Frauen versteckt worden und ein Mönch des Bischoffs, sozusagen unser Polizeivorfahre, hat das nicht aufklären können."

Edgar und Carmen schauten ungläubig auf Katharina. Carmen hatte zumindest einen fragenden Blick, mit dem sie Edgar abzuholen gedachte, aber der starrte mit krauser Stirn auf die Praktikantin herunter.

„Meinen Sie, der Mörder von damals weilt noch unter uns und hat wieder zugeschlagen?"

Das kam ganz und gar nicht lustig im Ton.

„Wir suchen einen lebendigen Täter, keinen Geist."

Katharina versuchte mit leiseren Tönen, diesen Einwand klein zu halten und einen nachvollziehbaren Denkanstoß zu geben.

„Der Steinhöfer hat den Brunnen gesucht. Wenn wir den finden, führt uns das möglicherweise auf seine Spur."

Carmen schaute zu Edgar. Angesichts der Tatsache, dass sich sonst gar nichts ergeben hatte, schien ihr das eine Überlegung wert. Katharina versuchte indessen, den Faden weiter zu führen.

„Im 15. Jahrhundert brach danach eine Seuche aus …"

Sie war mit dem Satz noch nicht fertig, als ein Donnerwetter über sie hereinbrach: „Sie meinen ernsthaft, da liegt 'ne Art Fluch auf dem Brunnen?"

Katharina entgegnete leise: „Nein, aber …"

Edgar unterbrach sie erregt: „Welche Verbindung soll es denn sonst geben?"

Betretenes Schweigen machte sich kurz breit. Edgar hatte seine beherrschte Art verloren.

„So einen Schwachsinn habe ich noch nie von einer Polizeianwärterin gehört! Sie haben den falschen Beruf ergriffen. Sie sollten irgendetwas Mystisches tun, Wahrsagerin vielleicht."

Mit jedem Satz stieg seine Lautstärke an.

„Vielleicht sollten wir alle nach Hause gehen und die Türen verschließen, denn jetzt straft uns der Herr und schickt uns die Pest wie vor 500 Jahren."

Edgar zwang sich zu einer ruhigeren Tonlage.

„Sie tun ja sowieso, was Sie wollen. Suchen Sie Ihren Brunnen, wir ermitteln derweil den Täter. Feierabend für heute!"

Ein Telefonat

„Ja?"

„Was ist mit Steinhöfer passiert?"

„Mario? Was ist das für 'ne Telefonnummer?"

„Prepaid, du Schwachkopf. Tu doch nicht so doof. Was ist mit Steinhöfer passiert?"

„Woher soll ich das wissen?"

„Verarsch mich nicht! Mann, die Polizei sucht den mit Hub-schraubern! In der Zeitung steht, er wird schon seit letzter Woche vermisst. Du hast seine Schlüssel gehabt."

„Ja und? Jetzt hast du sie ja."

„Was ist nun mit dem?"

„Das braucht dich gar nicht zu interessieren."

„Du wolltest mich in irgendwas reinziehen. Aber nicht mit mir."

„Nun mach mal einen Punkt. Du bist in seine Wohnung eingebrochen."

„Du willst mir was anhängen."

„Etwas anhängen? Ihr hängt da längst mit drin!"

Lehmann hatte einfach aufgelegt. In Mario kroch die Wut hervor. Dieser Mistkerl hatte ihn benutzt und er hatte es nicht gemerkt. Wie auch immer, er musste jetzt mit Verstand an die Sache rangehen. Immerhin hatte er nichts weiter getan, als ein paar Papierakten gestohlen, die keinerlei Wert hatten. Mit allem anderen hatte er nichts zu tun. Lehmann hatte sogar recht, als er sagte, es bräuchte ihn nicht zu interessieren. Je mehr er wusste, umso tiefer wäre er da verwickelt. Er musste jetzt nur einen kühlen Kopf bewahren. Alles, was er in dieser Nacht angehabt hatte, hatte er heute bereits entsorgt. Einschließlich der Schuhe. Die Schlüssel hatte er vom Bund abgemacht und einzeln in verschiedenen Mülleimern Erfurts deponiert. Er musste einfach nur unter dem Radar bleiben. Aber wieso hatte Lehmann die Akten nicht selbst aus der Wohnung geholt? Warum hatte er ihn eingespannt?

Vor einem Ausflugslokal mit Holztischen

Er hatte sie schon eine Weile beobachtet. Eigentlich wollte er heute allein bleiben, dem Trubel mal entkommen, anstatt dauernder Fragen die erste richtige Frühjahrssonne genießen. Nach der ersten Radtour des Jahres tat das gut und das erste Glas Wein unter freiem Himmel war eine Wohltat. Doch die hübsche Lady dort drüben faszinierte ihn. Diese schwarzen Haare … Sie hätte Model werden können, doch ihre selbstbewusste Art und ihre starke Persönlichkeit würden dazu nicht passen. Sie schien einen echt üblen Tag gehabt zu haben. Seit 10 Minuten stocherte sie völlig lustlos in einem Salatteller umher und er hatte nicht sehen können, dass sie in dieser Zeit irgendwas davon gegessen hätte. Mit seinen 45 Lenzen war er zu alt, um bei ihr zu landen, aber vielleicht ergab sich ja einfach mal ein interessantes Gespräch, denn danach war ihm jetzt und wenn ihn seine Menschenkenntnis nicht täuschte, brauchte sie gerade auch jemanden zum Quatschen. Interessant – so schätze er sie ein. Was sollte schon passieren, im schlimmsten Falle bekam er eine Abfuhr. Er nahm sein Weinglas, setzte sich eineinhalb Meter versetzt an ihren Tisch, auf die Bank gegenüber und sah zu ihr.

„Sie hätten doch lieber Rostbrätel essen sollen. Macht dick, aber glücklich."

„Ich bräuchte schon was anderes, um wieder Appetit zu kriegen."

Die Antwort überraschte ihn. Es folgte ein kurzer Fingerzeig aus Daumen und Zeigefinger zur Bedienung, die ihn sofort verstand. Kurz danach schob er ihr ein 4 Zentiliterfläschchen Aromatique vor den Salatteller. Im Grunde rechnete er nicht mit einer wohlwollenden Antwort, eher mit einer schroffen Abfuhr. Sie sah erst das Fläschchen an, dann den Mann, dann wieder den Salat. Plötzlich nahm Katharina das Fläschchen, öffnete es geschickt mit einem Finger und nach einem kurzen „Cheers" zu ihrem Gegenüber war es ausgetrunken.

„Schon besser!"

Er war verblüfft. „Krach mit dem Freund?"

Sie antwortete erst nach einer Zeit: „Nein, beruflich."

Nach einer Weile fuhr sie fort: „Eigentlich bin ich im Dienst, aber mein Chef verzichtet auf meine Mitarbeit."

Er unterbrach sie nur kurz durch ein erstauntes „Oh". Er merkte, dass sie unbedingt reden wollte.

„Ich bin Polizeianwärterin. Wenn ich es überhaupt noch bin."

„Was ist passiert? Eine Prüfung verhauen?"

Katharina stocherte jetzt schneller in ihrem Salat umher, so, als müsste sich da irgendwo doch noch was Genießbares verbergen.

„Nein, wir suchen einen Mann und ich habe einen Vorschlag gemacht, wie wir ihn finden können."

„Und der Vorschlag war so krass, dass er Sie rausgeschmissen hat?"

Katharina entgegnete: „War er."

„Krass! Gibt's doch gar nicht!"

Er merkte, dass sie wieder in sich kehrte, und versuchte, den Gesprächsfaden weiter zu führen.

„Vielleicht ist es manchmal ratsam, so eine Sache ein Stück weit selber zu verfolgen, bis man weiß, dass man richtig liegt."

„Genau das habe ich ja getan, es gibt tatsächlich Indizien. Aber ich bin nicht mal dazu gekommen, ihm die zu erklären."

„Dann machen Sie doch einfach allein weiter!"

Katharina sah ihn skeptisch an. „Ich bin bloß Anwärterin ..."

„Aber Sie sind davon überzeugt, dass Sie auf der richtigen Spur sind."

„Ja." Katharina fand langsam ihren Appetit wieder und aß den ersten Happen an diesem Tag.

„Stellen Sie sich vor, der Mann war Historiker und wollte einen Brunnen finden, in dem im Mittelalter die Leichen zweier Frauen versteckt wurden."

„Daran klingt erst mal nichts ungewöhnlich."

Inzwischen spürte Katharina den Hunger. Sie hatte heute noch nichts gegessen und irgendwie kam nun der Appetit wieder.

„Vor über 500 Jahren hat schon einmal jemand den Brunnen gesucht, aber auch nicht gefunden."

Nun war er skeptisch. „Na ja, das ist Zufall, was denn sonst?"

Katharina aß inzwischen ein paar Happen und irgendwie schaute sie versteckt auf den nächsten Aromatique, der da ganz unauffällig postiert wurde.

„Sorry, hab noch nichts gegessen heute ... Es ist kein Zufall."

Sie hatte plötzlich sogar ein Lächeln auf den Lippen.

„Es hat sich in beiden Fällen danach etwas sehr Seltenes wiederholt."

Er konnte es fast nicht glauben. Woher nahm sie plötzlich diese Kraft in ihrer Lage? Ist die am Ende tatsächlich ein Stück verdreht?

„Nun haben Sie mich aber echt neugierig gemacht."

Polizei-Inspektionsdienst Erfurt Nord

„Wen haben wir denn heute alles ,eingeladen'?"

Carmen las die Daten ab.

„Zuerst einen gewissen Kusserow, Mario Kusserow. Er wohnt im Burgstieg 3. Es gab einen Ordner, der mit genau dieser Straße und dieser Hausnummer beschriftet war. Nach dem Einbruch war der ganze Ordner verschwunden, also nicht nur die abgehefteten Seiten. Passt auch sonst genau ins Schema. Jung, hatte schon mal eine Schlägerei und das Haus geerbt. Ich glaube nicht, dass der dort leben will, der will es verkaufen."

„Sonst keine Verbindungen? Na, dann wollen wir mal."

Sie betraten das etwas ungemütliche Zimmer. Eigentlich war es ein Ruheraum, doch Edgar ließ die Klappliegen rausbringen. Er brauchte einen Raum, der sein Gegenüber mental isolierte, ohne dass sich dieser offiziell in einem Verhör befand, ohne dass er sich dessen bewusst war. „Guten Morgen, Herr Kusserow. Ich bin Kommissarin Klepp, das ist mein Kollege, Kommissar Keilert."

„Guten Morgen. Worum geht es denn?"

„Sorry, dass wir Sie extra herbestellen mussten. Herr Kusserow, das ist nur eine ganz allgemeine Befragung. Wir beide sind beauftragt worden, eine Liste mit Personen abzuarbeiten, ob es Kontakte zu dem Vermissten gab. Sie wissen doch, wer vermisst wird?"

Mario war erleichtert. Es war bloß Routine, sie hatten nichts gegen ihn in der Hand.

„Dieser Historiker, stand in der Zeitung."

„Sie kennen ihn also?"

„Nicht persönlich, von den Versammlungen."

„Ach so, ja, von den Versammlungen. Wussten Sie, dass er Unterlagen über Ihr Haus gesammelt hatte? Er wollte unbedingt, dass die ganze Straße unter Denkmalschutz gestellt wird."

„Wusste ich nicht." Edgar übernahm ab hier.

„Aber Sie waren doch auf den Versammlungen?"

„Ja, aber da hat er nicht davon gesprochen."

„Es war doch die Rede vom Burgstieg. Haben Sie da nicht nachgehakt, um welche Häuser es ging?"

„Nein, es waren ja viele betroffen. Ich dachte, wenn die das alle ablehnen, dann kommt es auch nicht."

Eine kleine Pause, dann fragte Edgar ganz gezielt: „Wo waren Sie denn am 15. Mai am späten Abend? Sagen wir so 22:00 Uhr bis 22:50 Uhr."

Mario konnte gar nicht so schnell umschalten im Kopf. Die Uhrzeit, woher wussten die das? War er beobachtet worden?

„Ich war zu Hause, hab Fernsehen geguckt, allein."

„Was haben Sie denn geschaut?"

„Ich habe DMAX geguckt. ‚Schatzsucher in Alaska'."

Edgar warf einen vielsagenden Blick zu Carmen, wobei er sich extra so postiert hatte, dass Kusserow es sehen musste.

„Soso, und was ist in der Folge passiert?"

Mario war gut vorbereitet. Er bemühte sich, etwas fragend auszusehen, gab dem noch etwas Nachdruck, indem er die Schultern hob, und antwortete dann: „Team Hoffman hat einen neuen Claim erkundet und bezogen."

Edgar war aufgestanden und ziellos ein paar Schritte durch den Raum gelaufen. Plötzlich beugte er sich über den Tisch, sah direkt in Marios Augen und entgegnete: „Und wo waren Sie am 16. Mai abends um die gleiche Zeit?"

Mario war verwirrt. „Am 16. Mai?"

Jetzt musste er nachdenken. Edgar half ihm nach: „Am Dienstag, dem 16. Mai."

Mario dachte angestrengt nach, verdammt, es war ja Dienstag, als er bei Steinhöfer eingestiegen war.

„Ach nee, am Dienstag war das mit den Schatzsuchern in Alaska. Am Dienstag war das."

„Eben war es noch am Montag. Na schön. Was haben Sie denn am Montag gemacht? Auch Fernsehen? Was kam denn am Montag?"

Mario musste angestrengt nachdenken, Röte schoss ihm ins Gesicht „Weiß ich nicht mehr."

„Dienstag wissen Sie es noch. Sie wissen, was da kam und wann. Aber montags haben Sie längst vergessen. Nur Dienstag wissen Sie es ganz genau."

Edgar war deutlich lauter geworden. Er setzte sich ihm jetzt gegenüber. „Wo waren Sie letzte Woche Donnerstag, vom Vormittag bis zum Abend?" Nun entspannte sich Mario. „Ich war arbeiten. Straßenbau. Die A 71 bei Artern. Sie können meine Kollegen von der Strabau GmbH fragen."

Edgar sah ihn eine Weile an.

„Gut, Herr Kusserow, das war es. Falls Sie mir doch noch was zu sagen haben, hier ist meine Karte."

Nachdem Mario den Raum verlassen hatte, mussten beide lächeln. Carmen sagte: „Hast du gesehen, wie der geschwitzt hat? Das war ein Treffer." Edgar war sich dabei auch sicher. „Wir lassen ihn einige Zeit in Ruhe, dann holen wir seine Fingerabdrücke und bitten ihn um eine freiwillige DNA-Probe. Wir dürfen den Fisch nicht mehr von der Angel lassen. Aber wenn sein Alibi für den Donnerstag stimmt, dann ist entweder der Donnerstag nicht der Zeitpunkt des Verbrechens oder wir haben es tatsächlich mit mehr als einem Einzeltäter zu tun."

Die Vorstellung, dass sich mehrere Leute im Ort zusammengetan haben sollten, um Ernst Steinhöfer zu beseitigen, schien Carmen suspekt, aber auch gruselig. Es erinnerte sie an den gemeinschaftlichen Mord vor über 500 Jahren.

Landesamt für Archäologische Denkmalpflege, Weimar

Ein leises, aber trotzdem energisches Anklopfen erweckte Jakob Kleves Aufmerksamkeit. Keiner seiner Leute klopfte so an. Wenn überhaupt, dann geschah das ein- oder zweimal sehr laut und sie betraten sofort das Büro. Das war auch völlig okay so. Ein unbekanntes Klopfen erweckte stets seine Aufmerksamkeit.

„Guten Tag, Herr Kleve! Ich bräuchte eine ihrer Kameras."
Überrascht und überrumpelt musste er sich erst einmal fangen.

„Guten Tag, Frau Jöhne! Das ist aber eine Überraschung. Wenn Sie die meinen, die Herr Steinhöfer ausgeborgt hat, die ist ja nicht wieder zurückgebracht worden."

„Nein, ich meine nur so eine Wärmebildkamera, am besten den gleichen Typ."

Es fühlte sich an wie ein Déjà-vu und sofort verspürte er ein Unbehagen. Jakob hatte im Laufe seines Lebens gelernt, dass dieses Gefühl keineswegs unberechtigt war, sondern eher wie ein inneres Barometer arbeitete, welches Sorgen und Probleme ankündigte, während noch die Sonne schien.

„Aber was wollen Sie denn damit machen?"

„Wir suchen den Brunnen, so wie Ernst Steinhöfer. Er hatte auf der Karte einige Markierungen eingetragen. Wenn die Leute uns freiwillig reinlassen und wir da nichts finden, engen wir zumindest den Kreis der potenziell Verdächtigen ein, bis die Maus in der Falle sitzt."

„Hm." Das Grummeln im Bauch hielt an. Andererseits hatte Steinhöfer sein Interesse geweckt. Diese Stadt war uralt. Bei Straßenbauarbeiten der letzten Jahre waren immer wieder Fundamente zum Vorschein gekommen, die sie nicht zuordnen konnten. Bodenstrukturen auf den privaten Grundstücken zu erfassen könnte womöglich der Schlüssel sein zu einer Rekonstruktion der mittelalterlichen Stadt zu kommen, das fehlende Puzzlesteinchen im Rätsel der Stadtgeschichte. Tatsächlich hatte er begrenzte Mittel für Erkundungen bewilligt bekommen. Und das war ja schließlich eine polizeiliche Ermittlung. Doch sein Bauch sagte ihm etwas anderes.

„Ja, aber die Kameras sind nicht so einfach zu bedienen."

„Der Steinhöfer konnte das auch."

Da hatte sie natürlich recht.

„Wissen Sie denn, wo Sie suchen müssen?"

„Wir gehen einfach alle Stationen ab, die Steinhöfer auch abgegangen ist bzw. noch wollte. Darüber hinaus ergeben die

Fundamente, die ich aufnehme, den Grundriss der früheren Stadt und damit können wir die Gebäude auf der alten Karte weiter zuordnen."

„Das ist aber gar nicht so einfach. Wissen Sie was, wir sind natürlich auch daran interessiert, den Grundriss weiter zu erfassen. Ich stelle Ihnen einen Mitarbeiter zur Verfügung. Der bedient die Kamera und wir können die Aufnahmen ebenfalls verwerten."

„Amtshilfe, klingt gut. Können Sie denn so kurzfristig jemanden stellen? Ich wollte morgen früh beginnen."

„Das lassen Sie mal meine Sorge sein. Der Grundriss der Stadt, das ist schon was wert, und die meisten hier sind froh, mal raus zu kommen."

Katharina fühlte sich gut. Endlich spiegelte sich ihr markantes Lächeln wieder auf ihrem Gesicht.

„Meine Handynummer steht hier drauf. Der Mitarbeiter soll mich anrufen, wenn er losfährt. Dann würde ich sagen: morgen früh in Weißensee in der Badergasse."

Ein Telefonat

„Hi, Sven, das dauert ja, bis du rangehst."

„Moin, Mann, ich gehe hier unter vor Arbeit."

„Klar." Ein kurzes Stoßlachen.

„Du, ich habe hier mal etwas ganz Erfrischendes. Reservier bitte einen Platz im Erfurter Lokalteil, gleich morgen. Das wird auch online ordentlich einschlagen."

„Jetzt übertreib mal nicht. Seit Martin Luther ist hier nichts Nennenswertes passiert und selbst der ist hier nur durchgestapft."

„Nur durchgestapft? Du solltest dich mal ein bisschen belesen, du Banause. Kannst ja mit meinem Artikel anfangen. Ich schick ihn dir gerade per Mail. Und melde dich, was die Redaktion sagt. Und nichts aufweichen!"

„Mann, machst du das spannend. Ich kann heute Nacht bestimmt nicht einschlafen."

„Du schläfst ja auch auf der Arbeit. Bis bald, du Banause."

Zwei Polizisten klingelten ungeduldig. Es war schon das dritte Mal, dass sie den Knopf eindrückten und nun klopften sie auch noch an der Tür. Mario erstarrte, als er sie öffnete, doch man gab ihm keine Zeit, seinen Schrecken zu verdauen.

„Herr Kusserow? Herr Mario Kusserow?"

Mario brachte bloß ein leises „Ja" hervor.

„Kriminalpolizei Erfurt. Im Zuge der Ermittlungen zum Vermisstenfall Steinhöfer sind wir beauftragt, Sie um die Abgabe einer DNA-Probe zu bitten. Die Abgabe der Probe ist jedoch freiwillig, Sie sind also nicht verpflichtet, uns diese Probe zu geben. Stimmen Sie dem dennoch zu?"

Mario war völlig überrumpelt. Wenn er sich weigerte, hatten sie ihn erst recht auf dem Kieker. Vielleicht war es besser, dem gleich nachzukommen. Worauf hatte er sich da nur eingelassen?

Aus einer Entfernung von ungefähr 30 Meter beobachtete Edgar die Szene hinter den abdunkelten Scheiben seines Dienstwagens aufmerksam. Die beiden Kollegen spielten ihre Rolle hervorragend.

Carmen hatte Kusserows Alibi überprüft und dabei auch in Erfahrung gebracht, wann er heute zur Arbeit musste. So konnten sie ihn früh am Morgen überrumpeln. Dass sie bislang gar keine Vergleichsspur in Steinhöfers Wohnung gefunden hatten, spielte dabei keine Rolle. Es war ein Bluff. Kusserow hatte noch Zeit, bis er losfahren musste, um rechtzeitig auf der Baustelle zu sein. Edgars Hoffnung war, dass er möglicherweise unter Druck einen Fehler beging. Im besten Fall würde er schnurstracks zu seinem Komplizen fahren. Darauf spekulierte Edgar.

Er würde hier noch eine Weile stehen und schauen, was passierte. Wer den Fisch fangen will, braucht Geduld!

10:08 Uhr, wenige Straßen entfernt

„DINGDONG – DINGDONG – DINGDONG." Ein lautes „Ja" wollte den Lärm von der Türe übertönen, aber es kam nicht gegen die lauten Klopfgeräusche an, die das Klingeln abgelöst hatten. Als Lehmann die Türe aufriss, hielt Katharina ihren Ausweis bereits in der Hand.

„Kripo Erfurt. Guten Tag. Wir sind auf der Suche nach einer vermissten Person, Herrn Steinhöfer. Dazu würden wir gerne Ihr Grundstück mit einer Wärmebildkamera absuchen, sofern Sie keine Einwände haben."

„Was glauben Sie denn hier zu finden? Einen vergrabenen Leichnam?"

„Wir möchten lediglich Aufnahmen machen, die uns Hinweise auf die frühere Bebauung liefern. Alte Fundamente, Mauerreste usw. Wir erhoffen uns davon Aufschluss darüber, wo sich der Mann am Tage seines Verschwindens aufgehalten hat. Die Informationen sind auch von öffentlichem Interesse, darum begleitet mich Herr Kahl vom Landesamt für Denkmalschutz."

„Guten Morgen, es dauert auch nicht lange", rief ihm der Mann hinter Katharina zu. Lehmann wollte gerade etwas erwidern, da hatte sich Katharina bereits zeitgleich mit einem eher rhetorisch klingendem „Darf ich?" an ihm vorbeigezwängt.

„Ich bin aber gerade bei Umbauarbeiten, es liegt überall Bauschutt herum."

„Oh, das stört uns nicht. Wir würden im Haus anfangen, am besten im Keller. Das Haus ist doch unterkellert?"

„Den Keller wollen Sie fotografieren? Da bin ich gerade am Bauen."

„Macht gar nichts. Wo geht es denn runter?"

Inzwischen hatte Kahl mit der Ausrüstung den Flur durchschritten und brachte alles in den Keller. Kurze Zeit später war die Kamera aufgebaut. Sie befand sich in der gleichen Ecke, die auch Steinhöfer instinktiv ausgewählt hatte. Der Boden war von alten Sandsteinen bedeckt, doch das musste ja nichts heißen. Katharinas Spannung stieg enorm. Sie allein wusste, dass sie sich hier in einem der Häuser befanden, die auf Steinhöfers Karte gekennzeichnet waren. Kreise, die ein Kreuz enthielten, waren die Stellen, die er bereits abgesucht hatte. Die leeren Kreise, das waren die noch nicht untersuchten. Dieses Haus hatte einen leeren Kreis. Und das Verhalten von Lehmann erschien ihr aus irgendeinem Grund unstimmig. Warum stank es hier unten nur so seltsam?

Kahl meldete sich: „Wir können starten!"

07:11 Uhr, Burgstieg 3 in Weißensee

Mario stapfte im Flur seines Hauses hin und her. Sein Gesicht war gerötet. In was hatte Lehmann ihn da reingeritten? Warum hatte er ihn überhaupt eingespannt für den Einbruch? Nach einer Weile dämmerte es ihm: Lehmann hatte den Alten beseitigt und wollte ihm das jetzt in die Schuhe schieben! Wut übermannte ihn. Er schnappte seine Autoschlüssel und stürzte förmlich aus dem Haus. Er würde Lehmann jetzt windelweich prügeln! Jetzt sofort, wenn er ihn traf! Doch in dem Augenblick, als er das Auto startete, schoss ihm ein Gedanke durch den Kopf: ‚Was ist, wenn sie mich bereits überwachen?' Sie gingen bestimmt davon aus, dass er der Täter oder zumindest darin verwickelt sei. Mit einer scharfen Rechtskurve bog er in Richtung Norden ab, auf den Weg, der zu seiner Arbeit führte. Um die Baustelle am Ortsausgang zu umgehen, nahm er dieselbe kleine Straße, durch die Katharina Edgar vor wenigen Tagen aus der Stadt gelotst hatte. Sie wurde außerhalb der Stadtmauer zu einem staubigen Weg, der zahlreiche Baustellenzufahrten kreuzte. Die Wut machte Mario zum Rallyefahrer. Die durchdrehenden Räder hinterließen an diesem staubtrockenen Tag eine regelrechte Nebelwand. So fiel ihm die schwarze Limousine, die ihm folgte, nicht auf.

Edgar hatte alle Mühe hinterherzukommen. Plötzlich bog ein Lkw vor ihm heraus und bahnte sich seinen Weg durch den Schilderwald. In Erwartung, bald wieder freie Straße vor sich zu haben, konzentriert er sich darauf, den Tanklastwagen sofort zu überholen, und merkte dabei nicht, dass er dem Truck geradewegs auf ein Betriebsgelände gefolgt war. An ein schnelles Rücksetzen war nicht zu denken, denn mitten in der Einfahrt hinter ihm stand nun ebenfalls ein Lkw, dessen Fahrer gerade ausgestiegen war und durch eine Tür in die gläserne Fassade des Gebäudes verschwand.

„Mist!" Ausgerechnet jetzt musste ihm das passieren. Er fuhr den Wagen rechts in eine Parknische und folgte dem Lkw-Fahrer durch die Hitze dieses ungewöhnlich warmen Maitages in die Loge. Dort war es plötzlich ruhig und kühl. Endlich hatte er den Pförtner entdeckt. „Sorry, ich bin irrtümlich auf das Gelände gefahren. Der Lkw-Fahrer müsste mich kurz rauslassen."

„Da müssen Sie warten, der Fahrer macht die Papiere fertig und fährt dann rein. Solange die Straße gemacht wird, kann er nicht vor der Einfahrt halten".

„Wo ist denn der Fahrer?"

„Draußen bei Dr. Gallus".

Edgar konnte den Fahrer durch die getönten Scheiben erkennen und eilte die hintere Tür hinaus. Dr. Gallus war eine Doktorin in einem langen weißen Laborkittel. ‚Imposant', schoss es ihm durch den Kopf. Sie schien den Lkw-Fahrer gerade eine Laderampe zuzuweisen, als Edgar dazwischenging.

„Entschuldigung, würden Sie mich bitte durch das Tor durchfahren lassen? Kripo Erfurt, es ist eilig."

Dabei zog er seinen Ausweis. Dr. Gallus war überrascht und sagte: „Ach, Sie sind gleich persönlich vorbeigekommen? Warten Sie kurz."

Zum Fahrer gerichtet meinte sie: „Okay, also fahren Sie die Station 3 an."

Der Fahrer nickte und entfernte sich.

Dr. Gallus übernahm selbstsicher das Gespräch: „Ich wusste nicht, dass Sie kommen. Aber dann kann ich es Ihnen ja noch mal persönlich erklären. Ich hatte es schon der Kommissarin am Telefon berichtet, Frau Jöhne. Richtig?"

Edgar zog unwillkürlich die Augenbrauen hoch. Was wurde hier gespielt? Wo war er hier überhaupt? Er folgte der Frau in ein angenehm ruhiges Labor und allmählich dämmerte es ihm. Er befand sich in einem ziemlich modernen Wasserwerk. Sie wandte sich wieder Edgar zu.

„Hier können wir ungestört reden. Wir haben also seit 2 Tagen eine ungewöhnlich hohe Konzentration von sehr gefährlichen Kolibakterien im Wasser. Das kam mit einem Male. Für gewöhnlich geschieht so etwas, wenn durch Überflutungen irgendwo die Abwasserleitungen überlaufen. Dann kann etwas ins Trinkwasser gelangen. Aber wir hatten keine Überflutungen. Der letzte Regen ist schon lange her und die Bakterienkonzentration ist noch immer konstant hoch."

Edgar versuchte, das zu sortieren.

„Sie haben mit Frau Jöhne gesprochen?"

„Ja, sie hatte mich angerufen und sich danach erkundigt. Normalerweise rufen immer ein paar besorgte Frauen an, die merken, dass das Wasser gechlort ist. Das brauchen wir ja sonst nicht zu tun."

Edgar wurde plötzlich sehr nachdenklich.

„Also, wenn Sie das Trinkwasser nicht mit Chlor behandeln würden, sondern die Leute würden es einfach trinken, so wie früher, dann würde eine Seuche ausbrechen?"

Dr. Glallus hatte sich von Edgars langsamer Art anstecken lassen.

„Früher wäre das vermutlich passiert. Es hat doch hoffentlich niemand das Wasser absichtlich vergiftet? Oder warum interessiert sich die Polizei dafür?"

Edgar beeilte sich, die Sorgen auszuräumen: „Nein, nein."

Dr. Gallus schien aber immer nachdenklicher.

„Woher hat Ihre Kollegin das dann gewusst?"

Edgar suchte nach einer einfachen Erklärung.

„Sie hat vielleicht auch das Chlor im Wasser gerochen."

Frau Dr. Gallus sah Edgar nachdenklich an.

„Sie hat aber kurz vorher angerufen, als die Bakterien gerade auftauchten. Da hatten wir noch gar kein Chlor zugesetzt."

Im Keller

Kahl schaltete die Kamera ein und startete ein Programm. Katharina stand schräg hinter ihm und blickte gespannt auf den

Bildschirm. Lehmann postierte sich links von ihnen. Das Bild erschien auf einem Schlag. Wie bei den vorherigen Messungen konnte man Wände und Boden unterscheiden. Es gab auch kleinere Unregelmäßigkeiten und einen Streifen im Boden, aber keinerlei runde Form, die man bei einem Brunnen vermuten würde. Katharina war enttäuscht. Es sprach einiges dafür, dass er hier sein musste. Vielleicht war er verfüllt worden? So schnell gab sie nicht auf!

„Wir müssen die Empfindlichkeit der Kamera erhöhen."

Kahl schaute verdutzt auf. „Ich glaube nicht, dass das geht."

„Ich habe es gestern Abend in der Bedienungsanleitung der Kamera gelesen. Die lag nämlich noch bei Steinhöfer im Wohnzimmer rum. Ich hole sie rasch aus dem Auto. Bin sofort zurück."

Als Lehmann hörte, wie sie die Haustür öffnet, ging er auf Kahl los: „Toller Plan! Wir machen ihr was vor ... Was wird das jetzt verdammt?"

Kahl stand der Schweiß auf der Stirn.

„Ich weiß nicht. Wenn sie die Kamera verstellen will, merkt sie, dass es nur ein Bild ist. Du musst was machen."

Lehmann war rot vor Wut.

„Ich muss was tun? Ich habe niemanden gebeten, hier hereinzuschneien! Erledige du das!"

Lehmann hielt ihm ein sehr großes Brecheisen hin.

„Bist du verrückt?" Kahl sah entsetzt auf das Eisen.

„Das wusste ich! Und nun, du Klugscheißer?"

Oben fiel die Haustüre wieder ins Schloss. Lehmann sah ihm in die Augen und sagte: „Du lenkst sie ab!"

Kahl bemühte sich, so normal wie möglich zu erscheinen.

„Ich fürchte, bei diesem Modell kann man das nicht einregeln. Da gibt es verschiedene Typen. Darf ich?"

Er zeigt auf die Bedienungsanleitung in Katharinas Hand. Aber Katharina gab sie ihm nicht raus.

„Also, wir müssen zuerst ins Hauptmenü."

Während Katharina sich in die Einstellungen vertiefte, hatte sich Lehmann hinter sie gestellt. In der Hand hielt er das riesige Brecheisen. Es hatte eine flach zulaufende Seite und einen

Kuhfuß auf der anderen. Noch vor wenigen Augenblicken war er aufgeregt gewesen. Nun war er auf eine seltsame Art ruhig. Er hatte sich für die flache Seite entschieden. Normalerweise war sie stumpf, doch er hatte sie vorgestern geschärft, schließlich musste er sich ja noch um die Zeugen kümmern …

Direkt vor ihm, auf Katharinas weißer Bluse, zeichneten sich die feinen Umrisse ihrer Wirbelsäule ab. Sie sah gut aus, ein bildhübscher Rücken. Etwas weiter oben zeichnete sich der Verschluss ihres BHs ab. Er würde das Eisen mit voller Wucht neben der Wirbelsäule in diesen Rücken rammen und danach die Stange wie einen Hebel benutzen. Vielleicht sah sie ihm noch kurz über die Schulter in die Augen, wenn er die Stange zur Seite drückte, um ihr das Rückgrat zu brechen. Falls es nicht sofort gelang, könnte es auch länger dauern. Wenn er mit großer Wucht zustach, könnte es auch sein, dass das Eisen durch ihren Körper durchging. Dann sah sie noch die Spitze … Lehmann genoss die Vorstellung, sein Puls stieg an.

Genau zu diesem Augenblick begann die Klingel erneut, ein lautes „DINGDONG – DINGDONG – DINGDONG" von sich zu geben. Es holte Lehmann schlagartig in die Realität zurück. Er lief nach oben und öffnete. Katharina hörte eine vertraute Stimme von oben, doch sie war augenblicklich geknickt.

„Das ist mein Chef. Ich fürchte, wir müssen das hier für heute beenden. Ich gehe kurz hoch. Sie können aber schon mal abbauen."

Auf der Fahrt im Dienstwagen

„Wie kommen Sie bloß dazu, alleine und ohne Absprache solche Besuche bei potenziell Verdächtigen zu machen? Das sind ja schon fast Hausdurchsuchungen!"

Katharina schaltete auf Durchzug. Sie hatte gehofft, mit einem handfesten Ergebnis zurückzukehren. Vielleicht wäre es ihr auch gelungen. Aber nun, da er ihre Arbeit durchkreuzt hatte, war alles aus. Mit Sicherheit bedeutete es das Ende ihrer Ausbildung. In Erwartung des nun folgenden Donnerwetters sparte sie sich jede Rechtfertigung und überließ Edgar seinen Triumph.

„Man darf als Polizist niemals allein – und ohne den Kollegen Bescheid zu sagen – verdächtige Personen vernehmen."

Lauter werdend fuhr er fort: „Das ist einfach ein Grundsatz der Polizeiarbeit. Man darf sich nicht in Gefahr bringen."

Es trat eine Stille ein, die Katharina irritierte. Sie schätzte Edgar als einen Choleriker ein, der in einer solchen Situation rumschnauzte, bis ihm die Spucke aus dem Mund lief. Aber es folgte unverhofft Stille.

„Wie haben Sie mich eigentlich gefunden?"

„Ihr Handy hatte keinen Empfang, ich habe den letzten Standort orten lassen und schließlich Ihr Auto gesehen."

Das irritierte Katharina noch mehr.

„Äh, gab es denn einen Grund dafür?"

Wieder mit angehobener Stimme entgegnete er: „Nein! Aber es ist einfach ein Grundsatz! Sie dürfen sich nicht in Gefahr begeben."

Nach drei Minuten Stille, während einer völlig ruhigen Fahrt über die leere Bundesstraße, kam es Edgar in ganz ruhigem Ton über die Lippen: „Ich war übrigens im Wasserwerk."

Katharina verstand mit einem Male die, für Edgars Verhältnisse, ruhige Art, mit der er seine Missbilligung vorbrachte.

„Ach! Und wie sind Sie darauf gekommen?"

Es vergingen weitere Sekunden mit Stillschweigen, als ob Edgar in der Monotonie der Fahrt die Frage hätte überhören können. Schließlich kam es ihm über die Lippen: „Zufall, um ehrlich zu sein."

Wieder vergingen Sekunden.

„Wir fahren jetzt zu Ihnen, um diese alte Karte zu holen. Ich wette, Sie haben sich eine Kopie besorgt. Hab ich recht?"

Er blickte mit einem Lächeln zu Katharina rüber. Jetzt war sie es, die die Frage eine Weile unbeantwortet ließ. Sie grinste vor sich her.

Landeskriminalamt Thüringen, Erfurt

Eine Polizistin im Foyer rief Edgar zu: „Du sollst schnellstens zu Carmen kommen. Sie ist oben."

Edgar schaute fragend zu Katharina, als wüsste sie den Grund. Dann beeilten sich beide, zum Fahrstuhl zu kommen. Carmen empfing sie mit Ungeduld.

„Ihr werdet mir sicher gleich erklären, was los ist, warum ich ihr Handy orten lassen sollte. Aber vielleicht ist es besser, wir lesen vorher schnell mal Zeitung. Den Mitteldeutschen Anzeiger, Lokalteil Erfurt. Kriegst du die nicht auch?"

Edgar entgegnete trotzig: „Ich habe heute Morgen den Bio-Mülleimer damit ausgekleidet."

„Du hättest sie mal lesen sollen, bevor du zum Chef zitiert wirst! Ich habe sie mitgebracht."

Sie begann zu lesen:

„Mittelalterliche Zustände in Weißensee. In Weißensee scheint das Mittelalter noch nicht überwunden zu sein. Vor über 500 Jahren haben Einwohner des Ortes gemeinschaftlich zwei Morde begangen und die Tat vertuscht. Überliefert sind nur die Aufzeichnungen eines Mönches, der den Fall untersuchte, bis auch er auf mysteriöse Art verschwand! Immerhin konnte er zuvor noch protokollieren, dass man die Leichen der Frauen in einen Brunnen geworfen hatte. Das ist die Vergangenheit, mag man denken – aber nicht in Weißensee. Als der Stadtchronist, Ernst Steinhöfer, diesen Teil der Historie seines Ortes aufarbeiten wollte, wurde er von den Einwohnern an den Pranger gestellt. Nicht an den echten, der ist inzwischen außer Dienst und befindet sich im Museum der Runneburg. Stattdessen wurde er öffentlich verlacht und bekam keine Unterstützung durch die Stadt. Doch Erich Steinhöfer ließ sich nicht davon abhalten, den Brunnen auf eigene Faust zu suchen. Man mag es kaum glauben, doch nun ist auch er verschwunden. Und wie im Mittelalter, als das Grundwasser unter der Stadt durch die Verwesung der Leichen vergiftet wurde, so ist auch diesmal das Trinkwasserreservoir, das durch natürliche Kanäle im Erdreich miteinander verbunden ist, auf unerklärbare Weise verseucht. Dank moderner Verfahren lässt sich das Wasser heute mü-

helos entgiften und bis auf einen chlorhaltigen Beigeschmack
hat es keine Auswirkungen. Ein Zufall?"

Carmen holte jetzt tief Luft für die nächsten Zeilen und fuhr
fort:

„Die Polizei jedenfalls schließt einen Zusammenhang mit den
historischen Ereignissen nicht aus! Kann es tatsächlich sein,
dass die Bürger heute wieder ein Verbrechen decken, nur da-
mit die unrühmliche Geschichte ihrer Stadt im Dunkel der Ge-
schichte verborgen bleibt oder jagt die Polizei hier Gespens-
ter? Der MA wird den unheimlichen Fall weiterverfolgen."

Carmen senkte die Zeitung und schaute Katharina an.
  „Was ist hier eigentlich los?"
  Katharina war inzwischen kreidebleich geworden. „Mist!"
  Edgar griff sich die Zeitung und las versunken den Absatz
noch einmal durch. Carmen war entsetzt.
  „Sie haben ernsthaft Ihr Schauermärchen einem Schmier-
blattreporter erzählt?"
  Katharina zog es erneut den Boden unter den Füssen weg.
Sie setzte sich an den Tisch und behielt den Kopf gesenkt.
  „Ich wusste nicht, dass er Reporter ist. Ich war so deprimiert ..."
  Edgar ließ sich nicht beirren. Er schlug die Papierbögen der
Flipchart mit den bisherigen Ermittlungen nach hinten und be-
festigte Katharinas Karte auf dem nächsten leeren Blatt, obwohl das Büro viele Flächen an den Wänden hatte, an denen er
das üblicherweise machte. Als das Telefon klingelte, sah Carmen nur die Anzeige am Display. „Der Chef."
  Edgar nahm ab.
  „Keilert! ... Ja, Herr Kriminalrat, habe ich gerade gelesen."
  Er sah zu den anderen. „Nein, der Reporter hat das selbst
recherchiert. Er hat bewusst eine junge, unerfahrene Kollegin
gesucht und ihre Antworten für sich passend verdreht. Ja, natürlich weiß ich, dass wir jetzt ein Problem haben. Ja, wir bleiben heute im Revier. Ok."

Damit war das Telefonat beendet. Katharina stand die Röte im Gesicht. Sie schaute nach unten auf den Tisch und sagte leise „Danke".

Edgar taute die frostige Stimmung auf. Er hatte sich vor die Karte gestellt und klatschte sich in die Hände.

„Also, dann klären Sie uns mal auf, was bedeuten die Kästchen und Kreuze und was ist bei Ihrer ‚Röntgenaktion' herausgekommen? Wen haben Sie durchleuchtet und wer kam Ihnen dabei verdächtig vor?" Katharina war erleichtert über Edgars Ton. Jetzt übernahm sie das Wort. Die beiden alten Hasen staunten nicht schlecht, die Kreuze deckten sich mit den Personen, die sie ermittelt hatten. Sie konnten jetzt in Teilen die Strecke zusammensetzen, die Steinhöfer an seinem vermeintlich letzten Tag abgelaufen war.

Am Nachmittag desselben Tages

Unvermittelt öffnete sich die Tür des Büros und zwei gut gekleidete Herren betraten wüst den Raum. Mit einem Handgriff zog Edgar das letzte Blatt der Flipchart nach vorne, die Karte aus dem Mittelalter war augenblicklich verdeckt. Carmen bewunderte Edgar für seine vorausschauende Art und sie konnte sich denken, was nun kam.

„Herr Keilert, was haben Sie bis jetzt ermitteln können? Wir müssen den Stand der Ermittlungen präsentieren, um diese lächerlichen Anschuldigungen aus der Zeitung zu widerlegen!"

Edgar schaute fragend auf die zweite Person, die ihm nicht vorgestellt worden war. „Ditfurt ist mein Name. Ich bin der Bürgermeister von Weißensee."

Während sie sich die Hand gaben, stellte sich Edgar vor.

„Kommissar Keilert und das sind meine Kolleginnen, die beide an dem Fall arbeiten, Kommissarin Klepp und Polizeianwärterin Jöhne." Der Bürgermeister tappte unbeholfen einen Schritt auf sie zu. Carmen und Katharina mussten um den Tisch gehen, um ihm die Hand zu geben. Edgar fragte sich, ob er sich Frauen gegenüber auch so dämlich verhielt. Der Chef donnerte los: „Herr Keilert, geben Sie mal einen kurzen Bericht zum Stand der Ermittlungen."

Zum Bürgermeister gerichtet ergänzte er: „Das tun wir natürlich nur im Vertrauen! Angaben zu laufenden Ermittlungen werden sonst nicht gemacht. Sie werden sehen, dass es da nichts Mystisches gibt. Wir schauen nicht in Glaskugeln! Herr Keilert, bitte!"

Edgar ging es ganz sachlich an. „Obwohl bislang eindeutige Indizien fehlen, rechnen wir tatsächlich damit, dass Herr Steinhöfer einem Verbrechen zum Opfer gefallen ist. Sein Verschwinden gibt Rätsel auf, da kein starkes Motiv erkennbar ist. Sofern es sich überhaupt um ein gezieltes Verbrechen im Zusammenhang mit seiner Tätigkeit handelt, könnte es sein, dass der Mann in einen Streit verwickelt wurde, der um seine Initiativen zum Denkmalschutz entbrannte. Das ist natürlich nur eine Vermutung, der wir nachgehen. Es könnte natürlich auch sein, dass er zufällig überfahren wurde, der Fahrer seine Schuld verbergen wollte und den Leichnam versteckt hat. Wir haben die Aussagen der Leute genutzt und rekapitulieren so Ernst Steinhöfers letzten Weg in der Stadt. Dabei ist noch etwas Ermittlungsarbeit notwendig, um die Aussagen miteinander abzugleichen."

Der Chef unterbrach ihn einfach. Er maß dem Inhalt des Gespräches überhaupt keinen Wert bei.

„Sie müssen los, wenn wir die Sache heute noch ausräumen wollen!"

An Edgar gerichtet ergänzte er: „Zufällig ist heute in Weißensee eine Bürgerversammlung. Da gibt es natürlich nur ein Thema. Sie fahren mit Herrn Ditfurt hin und erläutern im Groben, was Sie eben zu dem Fall sagen dürfen, in welche Richtung ermittelt wird und so weiter und dass das mit dem Wasser überhaupt nichts mit dem Fall zu tun hat."

Ungeduldig drängte ihn der Bürgermeister.

„Wir müssen gleich los, kommen Sie bitte!"

Im Herausgehen bekam Katharina einen Anruf. Sie hielt Carmen einfach am Ärmel fest und die begriff sofort, dass es wichtig war. Zu Edgar gerichtet sagte sie: „Wir kommen nach."

Weißensee, großer Saal des Gasthauses „Zur Krone"

Der Raum war hell und ungemütlich erleuchtet, die Atmosphäre nüchtern und es war laut wie in einer Schulklasse, die auf den Lehrer wartet, der zu spät zum Unterricht erscheint. Es half auch nicht, dass der Wirt unentwegt Getränke ausschenkte, die Menge wurde immer unruhiger. Nie war der Saal derart voll gewesen. Schließlich flog die Türe auf und der Bürgermeister stürmte förmlich herein, einen schlanken und energisch wirkenden Herrn im Schlepptau.

„Na endlich!", tönte es von hinten.

Ein anderer setzte nach: „Wir dachten schon, du bist auch verschwunden."

Bürgermeister Ditfurt hatte das Rednerpult erreicht und ignorierte das Gelächter, das dem letzten Zwischenruf gefolgt war. Er begann seine Ansprache, doch das Mikrofon war noch nicht angeschlossen. Sein Blick fiel auf den Wirt, der sich inzwischen am Mischpult zu schaffen machte. Er zählte laut ins Mikrofon, während der Wirt die Lautstärke einregelte:

„Eins, zwei, drei, vier ..."

Ein lauter Zwischenruf ertönte aus dem Publikum: „Wir sind genau 253 Leute, brauchst nicht nachzählen."

„Ist etwa schon wieder einer weggekommen?"

Allmählich klang das Gelächter ab und die Unruhe wich einer gespannten Erwartung, was ihr Bürgermeister zu verkünden hatte.

„Wehrte Weißenseer. Eigentlich hatten wir heute vorgehabt, den Fortschritt der Straßenbauarbeiten zu erläutern. Aber wie ich eben schon herausgehört habe, habt ihr wohl alle den Mitteldeutschen Anzeiger gelesen. Ich auch. Ich bin sofort zur Polizei gefahren, um zu klären, wie es zu dieser absurden Anschuldigung kommen konnte, und habe sie auch gebeten, es euch allen zu erklären. Dieser Bitte kommt nun der Kommissar aus Erfurt nach und ich übergebe ihm hiermit das Wort."

Nun trat Edgar an das Rednerpult.

„Sehr geehrte Einwohner von Weißensee, das Verschwinden von Ernst Steinhöfer gibt uns in der Tat Rätsel auf. Wir ermitteln dabei natürlich in alle Richtungen. Sie haben sicher vor einigen Tagen den Einsatz des Hubschraubers bemerkt."

Irgendjemand rief dazwischen: „Wer hat denn nun das Trinkwasser verseucht? Das ist doch jetzt das Wichtigste, oder?"

Edgar kam ins Trudeln. Er hatte schon oft unangenehme Pressekonferenzen durchstehen müssen, aber das hier war etwas ganz anderes. Seine ruhige und geordnete Art, mit der er bewusst wenig von den Ermittlungen preisgab, schien hier die Unruhe noch zu vergrößern.

„Wir wissen zur Stunde nicht, ob es einen Zusammenhang zwischen dem Verschwinden von Herrn Steinhöfer und der Verschmutzung des Trinkwassers gibt. Wir gehen nicht davon aus …"

Wieder wurde er unterbrochen.

„Vielleicht will da einer die Stadt erpressen und Ernst ist dem auf die Schliche gekommen. Wir wollen wissen, ob wir das Wasser trinken können!"

Die Unruhe im Saal stieg immens. Edgar merkte, dass er so nicht weiterkommen würde.

„Was gibt's denn nun angeblich für einen Zusammenhang zwischen Ernst und dem Wasser?"

Die Zwischenrufe weiteten sich aus und Edgar hatte den Eindruck, einer Demonstration gegenüberzustehen.

„Wir sind doch keine Mörder!"

„Hat etwa Ernst das Wasser vergiftet?"

Er unternahm einen letzten Versuch, die Bürger daran zu erinnern, dass einer der ihren womöglich einem Verbrechen zum Opfer gefallen war, doch der Raum war inzwischen angefüllt von unerträglichem Lärm, der entsteht, wenn jeder jedem etwas sagen will. Edgar sah sich außerstande, die Gerüchte zu entschärfen.

Unterdessen hatte Katharina den Saal betreten. Sie ging hastig zum Bürgermeister, der sich sichtlich unwohl fühlte und wechselte ein paar Worte mit ihm. Daraufhin gingen beide vor zum Rednerpult und redeten mit Edgar. Nun sprach der Bürgermeister laut ins Mikrofon: „Zum Trinkwasser sind gerade neu Informationen gekommen. Die Polizei bittet um unsere Aufmerksamkeit!"

Katharina stand nun hinter dem Rednerpult, was ein wenig Aufmerksamkeit beim Publikum erzeugte. Erst als der Lärmpegel ein Stück zurückgegangen war, sprach sie laut und deutlich ins Mikrofon: „Wir haben neue Erkenntnisse über das Trinkwasser. Wir können die Ursache der Verseuchung nun eingrenzen."

Kaum hatte sie diesen Satz gesagt, stieg die Unruhe wieder enorm an. Aber Katharina machte keine Anstalten, dagegen anzureden. Ein Zwischenrufer übertönte schließlich alle und richtet sich an Katharina.

„Da kann doch auch einfach eine tote Ratte im Ansaugrohr stecken und verwesen. Was wollen Sie denn damit?"

Diesmal unterbrach Katharina den Zwischenrufer, was ihr durch das Mikrofon auch nicht schwerfiel.

„Eine Ratte hat keine menschliche DNA!"

Das allgemeine Gebrumme ebbte merklich ab. Was hatte diese junge Frau da eben gesagt? Katharina hielt weiter still. Der Zwischenrufer von zuvor gab aber nicht auf.

„Haben Sie denn eine Leiche gefunden?"

„Nein. Aber wir konnten die DNA aus dem Trinkwasser herausfiltern."

Nun wurde es schnell sehr viel ruhiger im Saal. Jeder hatte das eben gehört und verstanden. Ein junger Mann fragte mit lauter, aber unsicherer Stimme: „Sind da etwa menschliche ..." – ihm fiel kein passendes Wort ein – „... Partikel im Wasser?"

Es wurde immer ruhiger im Saal. Katharina antwortete: „Mithilfe eines DNA-Vergleiches haben wir eindeutig festgestellt, dass es sich bei dem vorgefundenen Spuren um die DNA von Ernst Steinhöfer handelt."

Sie sprach auch diesmal nicht weiter, wodurch die Initiative nun wieder bei den Einwohnern lag, die aber nur noch mit ihren Tischnachbarn flüsterten. Ein anderer Zwischenrufer fasste sich ein Herz.

„Heißt das etwa, der verwest irgendwo?"

Jetzt wurde es plötzlich ruhig. Katharina sagte, lauter werdend: „Ja! Und zwar an einem Ort, der mit dem Grundwasser in Verbindung steht." Und ganz leise, fast zu sich selbst sprechend: „Zum Beispiel in einem Brunnen."

Nun war es völlig still im Saal, absolut gar nichts war zu hören, bis ein Jugendlicher nachhakte: „Wenn ich zu Hause Wasser trinke, dann trinke ich also auch irgendwas von ... Ernst Steinhöfer?"

Katharina beantwortete diese Frage nicht, wodurch der Raum sekundenlang in völliger Stille verharrte. Eine Frau übergab sich unvermittelt mitten auf die weiße Tischtafel.

Als die Leute schließlich den Saal verließen, war die Stimmung völlig gedrückt. Edgar suchte den Tross der Menschen mit seinen Blicken ab. „Die Tochter von Ernst Steinhöfer habe ich nicht gesehen."

Carmen hatte sich inzwischen einen Weg entgegen der Massen ins Innere des Saales gebahnt und seine Frage gehört. „Ich habe sie zu Hause abgepasst."

Katharina sah zu Edgar und sagte: „Wir wollten nicht, dass sie hier auf diese Weise erfährt, dass ihr Vater tot ist. Der Anruf von Dr. Gallus kam leider erst so spät rein, dass wir nicht Bescheid sagen konnten."

„Wer hat denn den DNA-Test veranlasst, das hätte ich doch erfahren müssen!"

Katharina antwortete: „Nein, es lief ja nicht über die Polizei, das hat die Direktorin aus dem Wasserwerk selber veranlasst. Ich hatte nur eine Gegenprobe bereitgestellt." Carmen sah noch Skepsis in Edgars Augen.

„Dr. Gallus hat das gleiche Labor beauftragt, das auch unsere Rechtsmedizin nutzt. Die Ergebnisse sind eindeutig."

Edgar wandte sich zum Gehen. Dabei kam es ihm über die Lippen: „Gut gemacht!"

Carmen sah verblüfft zu Katharina rüber und zog lächelnd das Kinn nach unten.

Zwei Tage später, Färbergasse 8, Weißensee

Von außen schien das Haus dunkel, doch davon ließ sich Mario nicht täuschen. Er wusste, wie er ungesehen auf den Hof kommen konnte. Ungesehen – vor allem auch von möglichen Beobachtern, die vielleicht längst vor Lehmanns Haustür parkten und jeden registrierten, der in dieses Haus ein- und ausging. Auf der Rückfahrt von der Baustelle hatte er sich an der Tankstelle erst mal eine kühle Dose Bier gegönnt. Daraus wurden dann vier, aber das merkte man ihm nicht an, das machte ihm nichts aus. Vorgestern Abend hatten die Bullen verkündet, dass der Alte hinüber ist. Das ließ ihn den ganzen Tag im Bagger grübeln. Worum ging es überhaupt? Entweder hatte er den Alten erschlagen, weil der ihm auf den Wecker gegangen war. Aber Lehmann war eine Schnecke bei allen Entscheidungen. Er bildete sich ein, alles zu überblicken und jeden manipulieren zu können. Darum glaubte Mario nicht an eine Tat im Affekt. Was blieb dann noch übrig? In Wahrheit ging es um Kohle! Lehmann wollte mit irgendwas dicke Kohle abstauben und der Alte hatte ihn ertappt, als er herumschnüffelte. Im Streit hatte Lehmann ihn kaltgemacht und die Leiche in einem ziemlich tiefen Loch verbuddelt. Am Ende wollte er den Verdacht auf Mario abwälzen. Doch da hatte er sich getäuscht! Lautlos war er in den schmalen Gang gelangt, der vielleicht irgendwann mal wohin geführt hatte, aber heute nach wenigen Metern vor einer Mauer endete. Nur die alte Türe auf der linken Seite hatte Lehmann mal als Ausgang aus seiner Scheune genutzt, zufällig hatte er beobachtet, wie Lehmann hier reingelaufen war. Mittels eines Drahthakens hebelte Mario mit wenigen Handgriffen den Haken auf, der die alte Türe von innen hielt. Na bitte! So gelangte er durch die Scheune auf den Hof. Beim Näherkommen hörte man Geräusche aus dem Flur. ,Wer weiß, was der wühlt.' Er öffnete die Türe zum Haus ganz langsam, ließ sie aber hinter sich in voller Absicht mit lautem Knall zufallen. Wie eine Kellerassel kam Lehmann die Kellertreppe hochgekrochen. Doch er war kein bisschen erschrocken, als er Mario sah.

„Was willst du hier?"

„Der Preis für meine Dienstleistung hat sich seit vorgestern erhöht."

„Der Preis? Wir haben nichts vereinbart. Du hast die Unterlagen von deiner und meiner Bude verschwinden lassen, ich habe dir die Gelegenheit dazu gegeben. Das war die Abmachung, das war's."

Lehmann war inzwischen auf ihn zugegangen, stand direkt vor ihm und roch die Bierfahne. Mario schien unbeeindruckt.

„Ja wenn das so ist, dann will ich mal wieder los."

Er hob enttäuscht die Hände und drehte sich zur Tür um. Nur griff er nicht nach dem Türgriff, sondern machte eine volle Drehung, bis Lehmann wieder erschien. Aufrecht stehend und mit nichts rechnend, erhielt der einen vollen rechten Haken in den Magen. Er krümmte sich vorn über vor Schmerz. Mario packte ihn an den Haaren.

„Hör zu, mein Freund. Du wolltest mir das mit dem Alten in die Schuhe schieben. Eigentlich sollte ich dir eine angemessene Lektion verpassen. Aber ich nehme an, du hattest gute Gründe dafür. Darum will ich mal nicht so sein."

Mario tätschelte Lehmanns Schädel.

„Du gibst mir einfach einen angemessenen Lohn und dann sind wir beide quitt."

Jetzt packte er ihn wieder an den Haaren und zog sein Gesicht hoch. „Jetzt gleich!"

Lehmann kam langsam wieder hoch und zeigte mit dem Kopf zur Kellertreppe.

„Ok, du gehst zuerst runter."

Unten angekommen ging Lehmann in eine Ecke des Raumes. Mario war inzwischen unten angekommen.

„Mann, wie das hier stinkt. Bist du das oder ist das der Alte?"

Mario starrte in das Loch, das da mitten im Keller war. Er konnte sich so schnell keinen Reim darauf machen, warum Lehmann den Alten so tief begraben wollte und wozu er die vielen Zementsäcke und Stahlarmierungen brauchte. Wollte er das Loch mit Beton füllen? Aber was kümmerte ihn das?

Lehmann kam inzwischen zurück und gab ihm eine große silberne Münze.

„Na siehst du. Ich wusste doch, dass es um Kohle geht, mein Freund."

Seine Stimmung hatte sich augenblicklich gebessert.

„Ich würde dir ja gerne mit dem ganzen Gewühle hier helfen, aber, ehrlich, ich will mir da nicht die Hände schmutzig machen." Bei sich dachte er noch: ‚Und ich will auch nicht in dem Loch da vermodern', denn er wusste nicht, wozu dieser Typ fähig war.

Lehmann war inzwischen wieder ganz zu sich gekommen. Er hatte darüber nachgedacht, das Brecheisen zu schnappen und die Sache zu klären. Nur ging das hier unten jetzt nicht. Der andere würde damit rechnen. Trotzdem. Er hatte jetzt einen weiteren Zeugen, der nichts in der Birne hatte und ihn vielleicht bei den Bullen verpfiff. Aber vielleicht, wenn der nachher die alten Treppen wieder raufging? Der Kerl war angetrunken! Er musste versuchen, das Schwein zum Saufen zu bringen, dann würde der immer unvorsichtiger werden. Lehmann sah sich nach dem Brecheisen um. Oder doch die Spitzhacke? Wie er es halten würde … Wie dem seine große Klappe vergehen würde, wenn er spürte, wie das Eisen in seinen Rücken drang … sobald er begriff, dass er gleich sterben würde …

Unterdessen war Mario wieder ganz entspannt.

„Ich schaue dir noch bisschen bei der Arbeit zu! Ich nehme mir mal ein Bier. Willst du auch eins?" Mario hatte den alten Kühlschrank in der Ecke des Raumes entdeckt. Lehmanns Arbeit war ohne Frage schweißtreibend, der hatte sicher eine Menge Durst. Über dem Loch stand ein massives Dreibein, an dem ein Flaschenzug befestigt war. Daran hing eine runde Arbeitsplattform. Die Ketten des Flaschenzuges konnte Lehman von der Plattform aus ziehen, so hatte er quasi einen Fahrstuhl, um rein und raus zu kommen. Blöd war der Kerl nicht. Ob der in den Brunnen absteigen will? Lehmann rief ihm aus der anderen Ecke des Kellers zu:

„Jaja, nimm dir ruhig mal ein Bierchen."

Mario achtete darauf, was hinter ihm geschah. Aber was war eben mit Lehmanns Stimme passiert? Die klang plötzlich anders, er konnte das gar nicht einordnen. Er öffnet die Kühlschranktüre mit einem Ruck und im gleichen Augenblick verschlug es ihm die Sprache. Er konnte nicht glauben, was er sah! Das machte doch gar keinen Sinn! Hinter ihm lachte Lehmann seltsam.

„Na, hast du dein Bier?"

Mit einem Ruck war Mario wieder oben und drehte sich zu um.

„Du bist doch völlig irre, völlig durchgeknallt, du bist ein Verrückter! Hier, behalt deinen Scheiß!"

Damit warf er die Münze direkt vor Lehmann auf den Boden und war auch schon bei der Treppe.

„Ich will nie wieder mit dir zu tun haben."

Damit war er auch schon oben, viel zu schnell für Lehmann. Der lachte laut schallend aus seinem Bauch heraus und warf ihm hinterher: „Hey Komplize, du hast dein Bier vergessen!"

Landeskriminalamt Thüringen, am nächsten Morgen

Carmen machte das letzte Kreuz in die Karte. Es war ein grünes Kreuz und besagte, dass die Bewohner nach ihrem Alibi befragt worden waren und sich dieses auch bestätigt hatte.

„Entweder hatte er nicht alle Standorte gefunden oder irgendjemand führt uns an der Nase herum."

Kaum hatte sie das gesagt, da klingelte schon das Telefon und Edgar nahm ab. An der Nummer hatte er sehen können, dass es sein Chef war.

„Ja okay, also die Rundumüberwachung für Mario Kusserow ist genehmigt worden. Und der Einsatz eines Leichenspürhundes auch. Prima, das ging ja schnell. Wie kommt das?"

Dabei huschte ihm ein schelmisches Lächeln über die Lippen. Mit dem Zeigefinger vor dem Mund deutete er den beiden Frauen, dass sie Ruhe halten sollen, und schaltete den Lautsprecher ein.

„… vollstes Vertrauen in Ihre Fähigkeiten. Aber das ist kein normaler Fall mehr. Wissen Sie, was hier los ist? Jede Stunde

bekomme ich Anrufe vom Bürgermeister, von der Staatsanwalt-
schaft, Justizminister war auch schon dabei. Wenn Sie es diese
Woche nicht lösen, müssen wir eine Sonderkommission einrich-
ten. Bitte machen Sie sich selbst mal ein Bild vor Ort, fahren Sie
hin, beruhigen Sie die Leute. Sagen Sie mir, was Sie brauchen.
Sie kriegen es und dann klären Sie es auf."

„Okay, habe ich verstanden. Ich halte Sie auf dem Laufenden. Bis dahin."

Das Telefonat war beendet.

„Ihr beide habt es gehört. Also los, machen wir uns auf."

In Weißensee angekommen, sahen sie, dass der Chef nicht
übertrieben hatte. Ein großer spiegelblanker Tanklastzug parkte
auf dem Marktplatz und hinter ihm stand eine Riesenschlange
von Leuten, jeder mit diversen Flaschen und kleinen Kanistern.
Bürgermeister Ditfurt kam eilig zu ihnen rüber.

„Gut, dass Sie da sind. Sehen Sie sich das nur an!"

Der Lkw-Fahrer rief herüber: „Schon wieder leer."

„Dann fahren Sie bitte gleich noch mal."

Zum Kommissar gerichtet klärte er auf: „Das keiner mehr
das Wasser zum Kochen nehmen will, war mir schon klar. Aber
es will sich auch keiner mehr damit duschen. Wenn sich das erst
rumgesprochen hat, und die Leute aus den Ortschaften ringsum auch das Leitungswasser meiden, dann gibt's hier einen Auf-
stand. Das Trinkwasser können wir ja noch bezahlen, aber die
Lkw-Transporte, das können wir nicht mehr lange stemmen. Sie
müssen unbedingt rausfinden, was geschehen ist."

Carmen warf ein: „Wir müssen endlich den Brunnen finden."

Die Verzweiflung war dem Bürgermeister anzusehen.

„Sie hatten doch schon damit begonnen, die Innenhöfe und
die Keller abzusuchen. Setzen Sie das nicht fort?"

Mit einem Lächeln im Mundwinkel blickte Edgar zu Katharina.

„Wenn es sich um öffentliche Grundstücke handelt, dann ist
das kein Problem, aber für private Grundstücke brauchen wir
Durchsuchungsbeschlüsse und es ist unwahrscheinlich, dass
wir die kriegen."

Die Stimmung des Bürgermeisters hellte sich plötzlich auf, als er entgegnete: „Die lassen Sie alle rein, fast alle! Jeder will wissen, was mit Ernst passiert ist!"

Der Bürgermeister musste die Leute in der Schlange beruhigen und erklären, dass der Lkw nachher wieder komme. Aus dem Auto heraus verfolgen die drei den allgemeinen Aufruhr und Edgar kam ins Grübeln. „Er hat gar nicht unrecht. Die meisten werden mitmachen."

Carmen ließ sich anstecken und entgegnete: „Vielleicht setzen wir die Suche mit der Kamera einfach fort und gehen auch die Häuser, die schon durchgekreuzt waren, noch mal durch."

Edgar war nicht so ganz begeistert. „Es ist nicht gesagt, dass der Brunnen nicht längst richtig dick verschlossen wurde und man mit der Kamera gar nichts erkennt."

Carmen übernahm wieder: „Genau! Und darum lässt uns der Täter auch bedenkenlos herein. Uns und den Leichenspürhund, den wir bedauerlicherweise zu erwähnen vergaßen. Der Hund riecht das durch Beton durch."

Edgar schaute Carmen an. „Du wirst mir immer ähnlicher."

„Gott bewahre!" Sie dreht sich zu Katharina um.

„Können Sie die Kamera beim Landesamt noch mal rausschnurren? Wenn wir das über den Dienstweg versuchen, wird das nie was."

Katharina konnte sich ein Schmunzeln nicht verkneifen.

„Ich leg mein bestes Schnurren auf!"

Edgar wollte noch kurz zum Wasserwerk, sagte aber nicht warum. Dr. Gallus war überrascht.

„Gleich drei Kommissare auf einmal? Guten Tag!"

„Ja, der Fall wird immer brisanter! Das sind meine Kolleginnen, Frau Klepp und mit Frau Jöhne haben Sie ja bereits telefoniert."

Carmen registrierte mit Verwunderung, dass Edgar die Dienstgrade weggelassen hatte, und vermutete richtig, dass es kein Zufall war.

Dr. Gallus schien ihrerseits verwundert: „Es hat sich aber nichts Neues ergeben, der Zustand des Wassers ist unverändert. Wenn sich etwas tut, rufe ich Sie sofort an."

„Mir ist da noch etwas anderes eingefallen. Sie sagten neulich, dass es sehr selten zu solchen Verunreinigungen kommt."

„Ja, das stimmt. Das Trinkwasser wird aus einer unterirdischen Senke gewonnen. Dort sammelt es sich, weil eine wasserundurchlässige Tonschicht nach unten sperrt. Wir fördern es aus einem Tiefbrunnen. Bis das Regenwasser nach unten durchgesickert ist, dauert es Jahre und der Boden wirkt dabei wie ein Filter."

„Führen Sie einen Nachweis, wann das passiert ist? Könnten Sie da in den Akten mal nachstöbern, ob es in den letzten Jahren etwas Vergleichbares gab?"

„In den Akten werde ich bestimmt nicht wühlen, wir haben nämlich Computer. Das geht ganz schnell."

Nach einem kurzen Vortrag über die Arten der Verschmutzung wurde sie tatsächlich fündig. Es stellte sich heraus, dass es im Oktober 2004 einen ähnlichen Fall gegeben hatte. Allmählich ahnten die anderen, worauf Edgar hinaus wollte. Auf der Rückfahrt kam Carmen Edgar damit zuvor.

„Ich prüfe gleich, ob es im Oktober 2004 in Weißensee oder Umgebung einen ungeklärten Vermisstenfall gab. Das wäre ja der Hammer."

„Ja, wir müssen alles in Betracht ziehen."

Am nächsten Tag in Weißensee

Wieder nahmen Polizeifahrzeuge den kleinen Marktplatz in Beschlag. Diesmal wussten alle Passanten warum. Edgar hatte abermals einen Transporter angefordert und prompt bekommen. Dem Chef hatte er erzählt, dass man Präsenz zeigen müsse, nicht zuletzt wegen der Öffentlichkeit. In einer zivilen Limousine mit getönten Scheiben waren sie ja eher unauffällig. Das hatte überzeugt. Katharina hatte die Kamera noch am Vortag ausleihen können. Jakob Kleve hatte diesmal ein besseres

Gefühl, nachdem ihm Katharina erklärte, dass sie die Kamera im Rahmen einer groß angelegten Suchaktion verwenden würden. Er bestand natürlich darauf, sämtliche Aufnahmen zu bekommen. Nun kam auch noch der Hundeführer dazu. Edgar sah optimistisch aus.

„Es wird langsam eng für den faulen Fisch. Haben wir den bald an der Angel?"

„Zumindest machen wir ihn nervös, bis er Fehler macht. Es sei denn, er hat keine Nerven."

„Wir nehmen uns erst mal die vor, deren Alibi wir nur überprüft haben, dann sehen wir weiter."

Katharina konnte ein Gähnen nicht unterdrücken, auch wenn es alle sahen und keiner so höflich war, so zu tun, als ob man es übersehen hätte. Die ganze Nacht über hatte sie wieder gegrübelt, ob die alten Urkunden doch einen Hinweis auf den Brunnen preisgaben. Sie wollte diese Gedanken aber nicht hier teilen, es klang irgendwie zu weit hergeholt und Gedankenblitze waren diesmal keine dabei. Stattdessen kam ihr eine trivialere Idee.

„Ich hole erst mal Kaffee. Will noch jemand?"

„Danke, wir hatten schon. Aber Sie brauchen dringend einen."

Katharina setzte ein müdes Lächeln auf und verschwand in der Bäckerei gleich gegenüber. Kurze Zeit später war sie wieder in der Runde, doch das Lächeln war gänzlich verschwunden. Carmen hatte den besten Spürsinn dafür.

„Ist der Kaffee so schlecht?"

Katharina sah sie an.

„Der Reporter, der mich ausspioniert hat, steht da drinnen."

Carmen nickte nur. „Sind noch mehr Kunden drinnen?"

„Nein."

„Ich mach das mal ..."

Im Laden grüßte Carmen kurz Jasmin und ging dann direkt zu dem Mann, der ganz uninteressiert tat, in Wahrheit aber alle Sinne eingeschaltet hatte.

„Sie sind der Reporter vom MA, der meine Kollegin ausspioniert hat?"

Die Überraschung und auch ein gewisses Unwohlsein standen ihm ins Gesicht geschrieben.

„Wissen Sie eigentlich, dass sie dadurch vermutlich rausgeworfen wird? Ende. Aus. Alle Jahre umsonst gebüffelt. Also wenn das Ihre Art ist, dann wird sich das vielleicht hier rumsprechen und Sie werden bald gar nichts mehr von den Leuten erfahren."

Dabei sah sie ganz bewusst zu Jasmin herüber, die das sofort verstanden hatte, ihre Arbeit unterbrach, indem sie ihre Arme verschränkte, und dem Mann einen missbilligenden Blick zuwarf. Carmen teilte weiter aus:

„Wir würden dann ab sofort lieber mit der Thüringer Allgemeinen sprechen, da können Sie ja dann abschreiben."

Nun musste er irgendwie antworten.

„Ich wollte ihr nicht schaden, es ist mein Job, objektiv zu berichten."

„Hören Sie, wenn Sie noch mal Informationen zu diesem Fall haben wollen, schlage ich Ihnen vor, Sie stimmen sich mit uns ab, was Sie schreiben wollen. Sie könnten mir den Text einfach per Mail zukommen lassen."

Carmen schob Ihre Karte zu ihm rüber.

Hilflos überrumpelt fiel ihm kein wirkliches Argument dagegen ein.

„Aber ich schreibe oft spätabends."

„Das macht gar nichts ich, gehe spät schlafen und schaue vorher rein."

„Ja gut, dann hören wir voneinander. Hier ist auch meine Karte, falls Sie etwas für mich haben."

Im Umdrehen steckte Carmen die Karte ein.

„Bei meiner Kollegin haben Sie noch eine Rechnung offen!"

Kurze Zeit später, nachdem die Kommissarin gegangen war, ging er auch. Er schlich sich förmlich aus der Bäckerei zu seinem Auto. Alle Gedanken hingen noch bei diesem kurzen Gespräch. ‚Der Polizei vorher zusenden, was gedruckt werden soll. Wo lebt die denn? Und die Polizeianwärterin? Man muss sich eben an die Spielregeln halten. Das hat die Kleine nicht getan.‘ Er startete den Motor, nur, um ihn gleich wieder abzustellen.

Er dachte an seine Tochter, die sich gerade mit dem Abitur herumschlug. Er stellte sich vor, wie es ihr wohl gehen würde, wenn sie ihre Ausbildung abbrechen müsste, weil sie einen schwachen Moment gehabt hatte. Nein, es war nicht okay gewesen. Aber es war geschehen. Was konnte er jetzt noch ändern? Er startete den Motor wieder.

Der Rest des Tages lief wie geschmiert. Hans Ditfurt ließ es sich nicht nehmen, die Bitte um Einlass an jeder Tür selber vorzutragen, sehr zum Ärger Edgars, der dies als Teil der Polizeiarbeit ansah. Doch Edgar merkte schnell, dass die Leute so deutlich offener waren. Man suchte nicht nach einer vermissten Person, man suchte nach Ernst. Die Zahl derer, die übrig blieben, schrumpfte zusehends. So lief es bis zum Abend. Im Transporter rief Edgar die Kollegen an, die inzwischen bei Mario Kusserow Stellung bezogen hatten.

„Nicht ausgeschlossen, dass sich diese Nacht was tut. Wir haben hier mächtig Staub aufgewirbelt. Also haltet die Augen offen."

An die Anwesenden gerichtet sagte er: „Feierabend für heute. Wir setzen das morgen früh fort."

Auf der Fahrt Richtung Erfurt klang Edgar dann schon wieder viel mehr nach Edgar.

„Es sind vielleicht doch zu viele, es wird lange dauern. Morgen ist schon Freitag und am Samstag ist Burgfest. Da ist niemand zu Hause. Wir bräuchten noch irgendwelche Anhaltspunkte, wo wir suchen müssen."

Katharina kam wieder nicht in den Schlaf.

Am anderen Morgen an gleicher Stelle wie tags zuvor

Der Tag begann wie der letzte. Mit zwei Kriminalkommissaren, die scheinbar keinen Schlaf brauchten, einer übermüdeten Kommissaranwärterin, Polizisten mit Augenringen und einem Bürgermeister, der verschlafen hatte. Selbst der Hund schien noch müde zu sein. Aber es half nichts. Carmen blieb im Transporter und trug ein, wo man schon gewesen war und welches die nächsten Gebäude sein werden. Gerade als sie an der nächsten Tür klingeln wollten, meldet sich Edgars Handy.

„Das gibt es nicht. Ich rufe Sie gleich zurück."

An die Runde gerichtet sagte er: „Es gibt eine neue Sachlage. Wir unterbrechen unsere Arbeit für zwei Stunden."

Mit Verwunderung folgte der Tross Edgar den kurzen Weg zurück zum Transporter. Erst dort ließ er die Katze aus dem Sack.

„Das Labor, das die Wasserproben überwacht, hat eben angerufen. Sie haben eine neue DNA-Spur in der letzten Wasserprobe gefunden! Ich habe gleich nachgefragt, ob es eine Verunreinigung sein kann. Aber sie hatten schon eine 2. Probe genommen und das Ergebnis ist eindeutig. Wir haben eine neue menschliche DNA im Wasser."

Carmen bohrte nach: „Wie lange kann die da schon drin sein? Vielleicht ist sie ja genauso alt wie die vom Steinhöfer."

Edgar wusste es besser: „Nein, sie überwachen jeden Tag die DNA-Spuren. Die Doktorin aus dem Wasserwerk hat die Wasserproben gezogen. Sie ist sehr kompetent. Sie hält es auch für ausgeschlossen, dass da irgendwo jemand in einen Brunnen gepinkelt hat, oder so etwas."

Carmen schaute ihn ungläubig an.

„Du willst damit sagen, es ist womöglich wieder jemand ‚verschwunden'?"

„Es sieht ganz danach aus! Dr. Gallus meint, es muss ein menschlicher Körper oder zumindest Körperteile sein."

„Und jetzt wissen wir das schon, ohne dass überhaupt jemand vermisst wird?"

„Wenn es eine neue Vermisstenanzeige gäbe, wären wir informiert worden."

„Was machen wir denn jetzt?"

„Frau Doktor hat gut mitgedacht. Sie hat sofort eine weitergehende Analyse in Auftrag gegeben ‚Genetic Profiling' ist eine neue Methode, mit der man Phantombilder aus der DNA generieren kann. Es wird aber eine Weile dauern. Bis heute Abend liegen uns dafür bereits einige wichtige Informationen vor."

Carmen war verblüfft. „Welche?"

„Geschlecht, Haarfarbe, Augenfarbe, Größe, solche Sachen eben. Sie meint, es gibt sogar eine neue Methode zur ungefähren Altersbestimmung. Das würde aber auch länger dauern."

Carmen antwortete: „So viel Zeit haben wir nicht. Aber wenn wir bis heute Abend einige Daten haben, dann können wir das noch in die Zeitung setzen."

„Ich weiß bloß nicht, was passiert, wenn wir in der Bevölkerung nachfragen, ob wieder jemand vermisst wird. Das gibt einen Riesenrummel, den hörst du bis Erfurt. Und auf das Schauermärchen dieses Reporters bin ich auch mal gespannt. 2 Minuten nachdem die Zeitung online raus ist, haben wir unseren Chef wieder im Nacken und dürfen erklären, dass das alles ganz normal ist."

Carmen wusste es besser einzuschätzen.

„Wir geben dem Reporter vor, was er schreiben soll. Ich meine keine offizielle Vermisstenanzeige, sondern einfach nur den Hinweis, dass diese Person seit 2 Tagen nicht mehr gesehen worden ist und im Zusammenhang mit dem Fall Steinhöfer gesucht wird."

„Schreibt der das denn so sachlich, dass da was bei rauskommt? Wir brauchen keine Massenpanik von wegen: ‚Serienmörder hat wieder zugeschlagen'."

„Ich hoffe es, aber ich weiß es natürlich nicht. "

„Hast du seine Kontaktdaten?"

Carmen zog die Karte aus ihren Unterlagen.

„Gruselig, das alles!" Katharina musste das einfach rauslassen.

Noch vor einigen Tagen hätte Edgar jetzt um mehr Sachlichkeit gebeten, aber jetzt sagte er einfach Ja. Er blieb einige Zeit mit seinem Blick auf Katharina fixiert.

„Wenn Sie irgendeinen Ansatz haben, aus den alten Karten vielleicht oder auch nur eine Vermutung, dann sagen Sie es bitte jetzt oder gehen Sie dem nach."

Katharina war erst mal perplex. „Also, so richtig nicht."

Carmen bohrte nach: „Nicht so richtig? Aber irgendwie doch?"

Katharina fand plötzlich, dass die beiden da zu große Erwartungen an sie hatten.

„Also es ist nur so ein Gedanke, ich müsste dazu aber im Archiv nachfragen."

Edgar schaute sie an. „Na, was machen Sie dann noch hier? Zischen Sie los! Sie haben ein gutes Gespür. Nur keine Alleingänge mehr. Wenn Sie was haben, melden Sie sich bitte gleich. Wir bleiben morgen und Sonntag auf Abruf, also Handy an und nicht so lange Dauergespräche führen. Falls es nichts gibt, sehen wir uns hier am Montag wieder. Wir machen jetzt hier weiter."

Landesamt für Archäologische Denkmalpflege, Weimar

Man bereitete sich hier im Amt schon ein bisschen auf das Wochenende vor. Jakob Kleve wusste das wohl, aber als Leiter der Abteilung musste er schon die Arbeitszeiten einhalten, zumindest die Kernzeiten, die in der Gleitzeitregelung vorgeschrieben sind. So waren die Freitage immer ein wenig ruhiger und er war froh, wenn doch etwas zu tun war, dass sein Interesse erweckte und Spaß machte. Als Katharina hereinkam, war ihm das ganz angenehm, auch wenn er ein Déjà-vu befürchtete.

„Guten Tag, Herr Kleve, dürfte ich Sie bitte noch mal um Unterstützung bitten? Es ist wirklich dringend." Katharina musste selber schmunzeln, dass sie schon wieder hier stand.

„Guten Tag, im Grunde sehr gerne, allerdings gehen uns bald die Kameras aus."

„Oh, nein." Katharina musste kurz auflachen. „Ich habe in Steinhöfers Wohnung diese Kopien alter Urkunden gefunden. Ich bin mir aber nicht sicher, was das ist. Ein bisschen konnte ich entziffern. Sieht aus wie der Vorläufer einer Excelliste."

Jakob Kleve nahm seine Nahbrille aus der Schublade und sah sich die Kopie eine Weile an.

„Ich weiß, was das ist. Das sind Abgaben. Eine Auflistung, wer welche Steuern geleistet hat. Das gibt es noch von vielen Gemeinden. Wer weiß, aus welchem Archiv er das ausgegraben hat?"

„Ah, da lag ich doch richtig."

„Die eine ist von 1475, die andere von 1479. Aber wie soll das helfen, einen vermeintlichen Mörder von heute zu finden?"

„Also, wir gehen davon aus, dass der Brunnen ziemlich tief ist. Vermutlich war es kein privat angelegter, sondern ein öffentlicher oder von einer Handwerkszunft. Nun brauche ich doch nur zu schauen, welcher ‚Steuerzahler‘ nach 1475 verschwunden ist, denn ich glaube, die haben den Brunnen danach ja verschlossen und kein Wasser mehr gehabt.“

Jakob Kleve nickte zustimmend, aber skeptisch. „Dann hätten Sie mit viel Glück den Namen des Mörders von damals, aber sonst nicht viel mehr. Mit den Ortsangaben kommen Sie bestimmt nicht weiter. Die heutigen Straßennamen sind viel später entstanden.“

„Vermutlich nicht, aber wie ist diese Liste entstanden?“

„Ich verstehe nicht.“

„Ich meine, wie ist das gegliedert?“

„Ach so, na ja. In größeren Städten ging das sicher nach den Zünften. Sonst wohl eher nach dem Stand bzw. den Einkünften.“

„Das ist hier aber nicht der Fall. Schauen Sie mal, die Ortsangaben der untereinander folgenden Personen gleichen sich manchmal. Der ist einfach die Gassen von Haus zu Haus abgelaufen und hat die Leute der Reihe nach eingetragen.“

Jakob Kleve schaute sich die Urkunden an.

„Tatsächlich, Sie haben recht.“

„Nun brauche ich doch nur dieselbe Strecke abzulaufen und schon führt mich das an die Stelle, an der vor über 500 Jahren plötzlich keine Steuern mehr gezahlt wurden, weil es auch keine Einkünfte mehr gab.“

Jakob Kleve war verblüfft. „Wie sind Sie nur darauf gekommen? Also ein paar Ortsangaben werden Sie aber brauchen, damit Sie wissen, wo Sie starten müssen und in welche Richtung. Ich würde sagen, dann machen wir uns gleich mal an die Arbeit und identifizieren ein paar.“

Es schien nicht nur so, dass er sich über die willkommene Abwechslung freute. Allerdings dauerte es bis weit in den Feierabend und es war längst dunkel, bis sie schließlich die wichtigsten Ortsangaben auf eine neue Karte übertragen hatten. Sie hatten auch eine vielversprechende Eintragung aufgestöbert, die es 4 Jahre später nicht mehr gab. Mit etwas Glück war das der Ort, den sie suchten.

Färbergasse Weißensee, am nächsten Morgen

Der Zeitungsausträger wunderte sich über den vollen Briefkasten. Der war sonst immer leer, wenn er kam. Hier musste ein Pedant wohnen, hatte er sich bislang gedacht. Doch heute lagen da noch Zeitungen von letzter Woche herum. Egal, solange da noch was reinpasste, stopfte er die neue Zeitung einfach hinterher.

Das Haus war dunkel und vermittelte den Anschein, dass niemand da war, doch im Keller arbeiteten zwei Männer im Schweiße ihres Angesichts.

„Frühstück!", rief Kahl und setzte sich erschöpft auf ein paar Steine. Frühstück und Kaffee waren mitgebracht, ebenso wie das Tablet, das Kahl jetzt benutzte. Während er sich mit einem Finger durch all die vielen Nachrichten durchzappte, die er für unwichtig erachtete. „Das sind beinahe alle", stutzte er plötzlich.

„Das gibt's echt nicht. Du kannst aufhören mit der Sauerei, die Idioten haben den Köder wirklich gefressen! Hätte ich nicht gedacht."

Lehmann tat unbeeindruckt, doch in Wahrheit gab es ihm ein Gefühl der Überlegenheit. Er lächelte selbstzufrieden und kalt.

„War sowieso die letzte Flasche. Ich fühl mich auch schon wie ein Untoter. "

Damit öffnete er den Kühlschrank, nahm eine Flasche heraus und goss sein Blut daraus andächtig in den Brunnen.
„Musst du das zum Frühstück machen? Ist doch widerlich! Hör mal, was sie im Mitteldeutschen Anzeiger schreiben:

Das Mysterium von Weißensee. Ist ihm erneut jemand zu Opfer gefallen? Erneutes Rätsel in Weißensee – Einige Wochen nach dem unerklärlichen Verschwinden des Stadtchronisten, Ernst Steinhöfer, MA berichtete darüber in der letzten Woche, gibt es nun eine weitere, ebenso rätselhafte Spur. Wir erinnern: Herr Steinhöfer verschwand bei der Suche nach

einem in Vergessenheit geratenen Brunnen, von dem er an-
nahm, dass dort im Mittelalter die Leichen zweier ermorde-
ter Frauen versteckt worden waren. Der zunächst grotesk
anmutende Gedanke, er sei nun selbst Opfer eines Verbre-
chens geworden und sein Leichnam in ebendiesen verschol-
lenen Brunnen geworfen, erhielt auf bestechende Art neue
Nahrung: Eine Analyse des Trinkwassers von Weißensee ent-
hielt eindeutige Rückstände seiner DNA! Doch damit nicht
genug: Die ständige Überwachung des Trinkwassers brach-
te nun eindeutige Spuren einer weiteren menschlichen DNA
zum Vorschein. Die Polizei steht erneut vor einem Rätsel und
bittet über den Mitteldeutschen Anzeiger die Einwohner von
Weißensee um Mithilfe und Aufmerksamkeit. Gefragt wird,
ob seit Mittwoch letzter Woche eine Person vermisst wird,
auf die folgende Merkmale zutreffen: männlich, graublaue
Augen, ca. 1,85 Meter groß, schwarze Haare. Hinweise un-
ter Telefon bla, bla, bla ...

Was die alles aus der DNA rausfinden."

Lehmann hatte wieder sein arrogantes Lächeln auf den Lippen.

„Nun muss es aber schnell gehen, wir haben nur noch 2 Tage. Am Montag können die schon hier auf der Matte stehen."

Kahl hörte die Eile, war aber noch beim Frühstücken.

„Wirfst du die Injektionsnadeln und die ganzen Ampullen mit in das Loch?" „Nein, ich nehme es mit und lass es unterwegs verschwinden. Der Betonring mit dem Schnellhärter ist in 3 Stunden ausgehärtet. Wir brauchen nur die Träger drauf zu legen, die 3 Meter Erde auffüllen, gut verdichten und dann mit den alten Steinen das Loch zupflastern. Dann ist es endgültig zu. Ruhet in Frieden, die nächsten 500 Jahre."

„Ja, so tief kommt keine Kamera. Wichtig ist, dass du das Tongestein oben drauf machst. Das ist hart. Sonst merken die vielleicht, dass der Boden aufgefüllt ist. Wie fühlt sich das überhaupt an?"

„Hä?"

„Na, wie fühlt sich das an, wenn man tot ist?"

„Besser als lebendig im Knast. Vor allem hat man seine Ruhe. Wer fahndet schon nach einem Toten? Wenn alles glattgeht, sind wir heute Abend durch. Jetzt ist kurz Verschnaufpause."

Lehmann dachte an sein neues Leben. Es lag schon alles gepackt in seinem entfernt geparkten Auto. Das Geld von diesem Halsabschneider von Händler hatte er gut gebunkert. Kahl hatte für die Vermittlung ein paar Tausender bekommen und sich noch gefreut, dieser Trottel. Dabei hatte er sämtliche Münzen ja noch. Gut versteckt für den Tag, an dem er sein neues Leben beginnen würde. Er konnte nichts dafür, dass ihm der alte Schnüffler dazwischen gekreuzt ist. Und Kusserow hatte sein Schicksal selbst besiegelt, als er hier eingedrungen war und den Keller gesehen hatte. Seine Frist lief bereits. Aber Lehmann musste warten, bis er definitiv für tot erklärt war. Tote werden nicht verdächtigt.

Eine Altbauwohnung in Erfurt

Edgar genoss diese Morgenstunden auf dem Balkon mit Kaffee aus der alten Porzellankanne und ganz viel Ruhe. Die frühen Sonnenstrahlen, die durch die Kronen der Bäume gelangten und den schneeweißen Balkon einfärbten, nahm er bewusst in sich auf. Auch heute tat er das, obwohl da das Gefühl war, dass ihm dieser Fall nach Hause ins Wochenende folgen würde.

Konstanze, seine Frau, konnte es nicht lassen, das Thema anzusprechen, was sie sonst stets vermied. Sie las den Artikel aus dem Mitteldeutschen Anzeiger laut vor, womit Edgars Unbehagen wuchs. Er ahnte, dass dieser Reporter gerade wieder derart Staub aufwirbelte, dass sich daran ein Gewitter entladen würde. Darum regierte er wenig überrascht, als das Diensthandy den ersten Anruf dieses Tages meldete. „Keilert."

„Oh, guten Morgen. Pfeffer ist mein Name und ich wollte Sie eigentlich nicht stören, aber nun tue ich es doch, weil ich ansonsten befürchte, meine bessere Hälfte malträtiert mich derart, dass Sie noch einen Mordfall lösen müssen."

Im Hintergrund hörte Edgar die Stimme einer jungen Frau. „Nun sag schon, was los ist, Mann. Das ist ein Mordfall."

Edgar versuchte, etwas Struktur reinzubringen.

„Okay, also was haben Sie beobachtet?"

„Vermutlich hat es überhaupt nichts zu bedeuten, aber ich kann es mir nicht erklären. Ich arbeite im Weimar, im Landesamt für Archäologie. Mein Chef hatte mich gebeten, die Bilder von der Kamera runterzuladen, die ihre Kollegin mit dem Kahl zusammen gemacht hat. Da ist der ganz scharf drauf. Ich bin also runter in den Keller und habe im Ausgabebuch nachgesehen, welche Kamera es war. In dem Buch schreiben wir rein, wer wann welche ausgeborgt hat, also die Seriennummer der Kamera. Ich brauchte ja die Seriennummer, weil ich nicht sicher war, welche Kamera die verwendet hatten. Ich habe sie dann auch gleich gefunden und die Bilder heruntergeladen. So weit alles normal. Mir ist aber dabei aufgefallen, dass es dieselbe Seriennummer ist wie die der Kamera, die der Steinhöfer vor ein paar Wochen hier ausgeliehen hat. Und das kann ja nicht sein. Die hat er ja nicht zurückgegeben."

Edgar dachte kurz nach. „Aber es fehlt doch eine Kamera?"

Pfeffer antwortete: „Ja, es fehlt eine."

„Vielleicht ist das nur ein Zahlendreher?"

„Unwahrscheinlich. Die Seriennummer besteht aus 9 willkürlichen Ziffern. Wenn sich Guste, das ist mein Kollege, der dem Steinhöfer die Kamera rausgegeben hat, also wenn sich Guste verschrieben hätte, dann würden höchstens ein oder zwei Zahlen nicht stimmen. Aber er kann sich ja unmöglich 9-mal verschrieben haben und zufällig genau die Nummer der anderen Kamera eingetragen haben. Das wären ja dann ein Zufall wie Neun Richtige im Lotto, verstehen Sie? Und so viel Glück hat Guste nicht, glauben Sie's mir. Der spielt seit Jahren Lotto und hatte bis heute nicht mal einen Dreier."

Edgars Verstand arbeitete auf Hochtouren.

„Wo ist diese Kamera jetzt?"

„Die liegt noch bei mir im Büro."

„Okay, haben Sie noch mit jemand anderem darüber gesprochen?"

„Nein, außer mit Jenny hier."

„Kommen Sie jetzt rein in Ihr Büro?"

„Was jetzt gleich?"

„Ja."

„Also, dann fahren Sie bitte sofort los. Wir treffen uns vor dem Haupteingang und gehen dann gemeinsam die Kamera holen."

„Äh, muss ich mir jetzt Sorgen machen?"

„Nein, aber erzählen Sie bitte absolut niemanden davon, insbesondere Ihren Kollegen nicht."

„Ja gut, also dann bis gleich."

Edgar konnte sich noch keinen Reim darauf machen, aber wenn das stimmte, dann könnte es die heiße Spur sein. Und sie mussten schnell handeln. Er suchte auf dem neuen Diensthandy die Kontakte, fand sie aber nicht. Darum tippte er Carmens Nummer direkt ein. Carmen ahnte sofort, was los war.

„Edgar! Sag jetzt nicht, das Wochenende ist vorbei."

„Das Wochenende ist vorbei."

Marktplatzplatz in Weißensee, kurz zuvor

Dieser Frühlingstag begann sonnig, doch der starke Wind jagte immer wieder dunkle Wolken über den Himmel. Man wusste nicht, ob es ein guter Tag werden würde. Als Katharina die Autotür öffnete, wurde sie ihr förmlich aus der Hand gezogen. Auf der Fahrt hatte sie diesen Wind kaum bemerkt. Nachdem sämtliche Utensilien entweder in ihrer Handtasche verstaut waren oder einen Platz in einer Jackentasche gefunden hatten, blieb noch die große Karte. Sie wäre beinahe vom Wind zerrissen worden. Katharina faltete sie mehrmals bis auf A4-Größe, dann sorgten die vielen Lagen Papier für eine annehmbare Stabilität. Sie blickte zufrieden auf ein Straßenschild. „Na also, hier geht's los."

Landeskriminalamt Thüringen, Erfurt

Carmen kam gerade herein. Auf dem Tisch lag die Kamera und Edgar war genervt vom Telefonieren.

„Ich erreiche diesen Computerspezialisten einfach nicht. Die gemeldete Adresse ist die Wohnung von seiner Ex, die haben sich aber vor Monaten getrennt. Handynummer stimmt auch nicht mehr. Die von der Dienststelle gaben sich affig, brauchen eine Begründung, wenn sie nach ihm suchen lassen."

Carmen lachte. „Er kommt gleich rauf. Ich habe ihn eingesammelt. Der Typ ist ein richtiger Computerfreak. Wohnt also wieder zu Hause bei seiner Mama. Der habe ich nur erklärt, wie dringend es ist, und die hat ihn aus dem Bett gescheucht. Da gab es überhaupt keine Diskussion. Sie ist halt noch vom alten Schlag, wenn die Polizei da ist, wird gespurt!"

Die Türe ging auf und ein zerzauster junger Mann blickte sie aus müden Augen an. Nicht einmal Zeit zum Rasieren hatte ihm seine Mutter gegönnt.

„Hätte man das nicht auch mal online machen können? Moin erst mal! Also worum geht es denn nun, wo brennt die Luft. Ist wieder ein Server ausgefallen?"

Edgar hatte kurz zu Carmen herübergeblickt, als wollte er sagen: „Was ist das denn für ein schräger Vogel?"

„Guten Morgen. Ein vermisster Mann hat vermutlich mit dieser Wärmebildkamera Aufnahmen von Bodenbereichen gemacht. In Fluren, Kellern oder auch im Freien. Da es inzwischen als gesichert gilt, dass er nicht mehr am Leben ist, erhoffen wir uns von seinen Aufnahmen Hinweise auf seinen letzten Aufenthaltsort. Nur sind keine Bilder aus der fraglichen Zeit auf der integrierten Festplatte. Wir vermuten, dass sie gelöscht wurden, weil die Kamera die Bilder mit fortlaufenden Nummern versieht und es in dieser Nummerierung eine Lücke gibt. Außerdem belegt eine Logdatei, dass in dieser Zeit Aufnahmen gemacht wurden. Da inzwischen noch jemand verschwunden ist, gehen wir davon aus, dass Gefahr im Verzug ist."

„Äh, verstehe. Gut. Dann wollen wir mal hoffen, dass der Vogel zu dumm war, die Aufnahmen richtig zu löschen, dann sollte das kein Problem sein. Ich nehme den ganzen Schruz mit zu mir rüber. Hilft mir einer beim Tragen?"

Carmen entgegnete: „Gleich!" und sagte zu Edgar gerichtet:
„Holen wir unseren ‚Lehrling' dazu?"

„Erst wenn wir was haben. Lass sie noch ein bisschen ausschlafen."

Färbergasse 8, kurze Zeit später

Die Pause war beendet. Lehmanns Freude stieg weiter an. Sie
würden es wohl heute noch schaffen. Dann würde er das alte Kaff
hier mit seinen Lehmhütten und Feldsteinhäusern für immer
hinter sich lassen. Es hatte ihm kein Glück gebracht. Gut, den
anderen beiden auch nicht! Dabei musste er in sich hineinlachen.

„Der Beton ist jetzt ausgehärtet, wir können die Träger drauflegen."

Kahl hatte die ganze Zeit über gelbe Gummihandschuhe an. Nirgends durften seine Fingerabdrücke hier auftauchen. Zumindest keine neuen Spuren. Ältere Spuren ließen
sich mit dem ‚Besuch' bei der Unterstützung der Polizei vor
Kurzem hier erklären. Sein Handy klingelte unerwartet und
als er sah, wer da anrief, blickte er irritiert zu Lehmann auf.
„Die Polizistin!"

Lehmanns Laune verschlechtert sich. „Nimm schon ab."

„Kahl, guten Morgen, Frau Jöhne. Haben Sie etwa auch samstags Dienst? ... Nein, die lese ich nicht ... Gott, es ist noch jemand
verschwunden? Nein, die Handynummer von Herrn Kleve habe
ich nicht. Worum geht's denn? ... Was, die Auflistung der Steuern von 1475? ... Hört sich an wie eine Waidmühle, aber ob es
die hier gab, weiß ich nicht ... Ja, ich überlege, wenn mir noch
was einfällt, rufe ich Sie an. Tschüss."

Kahl war aufgeregt.

„Die hat irgendwas von einer Auflistung der Steuern erzählt
und sie wird damit den Brunnen finden. Sie sagt, sie geht jetzt
die Straßen ab. Die ist irgendwo da draußen. Was machen wir,
wenn sie wirklich darauf kommt? Die holt die Alten und die brechen hier die Tür auf. Wir brauchen wenigstens noch diesen Tag!"

„Schon wieder dieses Miststück! Hör zu, du musst sie ablenken und aufpassen, dass sie ihre Leute nicht holt. Führ sie in die Irre! Ruf an!"

„Was soll ich denn sagen, warum ich in der Stadt bin?"

„Du bist auf dem Burgfest, wie Hunderte andere auch! So was interessiert dich doch. Also kannst du auch einen Abstecher zu ihr machen und aufpassen, dass hier keiner die Türe einrammt. Wenn sie trotzdem kommt, schick mir 'ne SMS. Ich mache hier weiter. Los! Ruf an und sag, dass du gleich kommst."

Kahl tat, wie verlangt. „Hallo? Manuel Kahl noch mal kurz. Was sagten Sie da vorhin? Bei den alten Straßennamen könnte ich Ihnen nämlich helfen. Wenn da wirklich eine Waidmühle stand, könnte es eine mit Wasserrad gewesen sein. Dann müsste sie am Bach liegen. Sie können mir das ja auch direkt sagen, ich bin in Weißensee auf dem Burgfest ... Ich würde sagen, wir treffen uns in 5 Minuten an der Bäckerei ... Okay, bis dann."

Blass und blutleer starrte er zu Lehmann.

Weißensee, vor der Bäckerei

Katharina war freudig überrascht. Sie hatte nicht mit Unterstützung gerechnet.

„Na so ein Zufall, dass Sie hier sind!"

„Heute ist doch Mittelalterfest auf der Burg."

„Das interessiert Sie? Ich dachte, dort gibt's nur Kitsch?"

„Ja, das allermeiste ist Nippes. Aber es gibt auch einen Flohmarkt und da werden manchmal echte Fundstücke verkauft."

„Ist das nicht illegal, müsste das Zeug nicht gemeldet und abgegeben werden, sobald es was wert ist?"

Kahl zuckte mit den Schultern. „Hm, das Zeug hat fast nie Geldwert."

„Also los! Ich habe hier das Steuerverzeichnis von 1475. Mit Grün sind alle Einträge markiert, die 3 Jahre später nicht mehr auftauchen. Eines davon ist ein Wirtshaus. Das muss es sein! Bingo! Wir fahren jetzt die Straßen ab, um sicher zu sein. Die

Eintragungen beginnen beim Bader. Der war vermutlich in der ‚Badergasse' angesiedelt."

Katharina schaute selbstzufrieden auf.

„Weiter geht's mit Johann Keste, einem Gerber, also ‚An der Gerberei'. Am besten, wir fahren den Weg mal ab. Kommen Sie!"

Katharina war völlig in ihrem Element. Die wenigen Hinweise aus dem Register führten sie Hunderte Jahre später auf denselben Weg, den der Steuereintreiber einst gegangen war. Nur dass sie jetzt langsam mit dem Auto fuhren.

„Sehen Sie, danach ging er ‚zur Schmiede'. Wieso eigentlich ein Wirtshaus und zugleich Schmiede?"

Kahl antwortet fast schon kapitulierend: „Weil die Reiter Rast machten, während die Pferde frisch beschlagen wurden?"

Während sie langsam die menschenleeren Gassen abfuhren, hatte Katharina noch einen anderen Gedanken.

„Der Mann, bei dem wir zuletzt die Aufnahmen gemacht haben, bevor mein Chef mich abgeführt hat, auf den passt die Personenbeschreibung, die aus der DNA gewonnen wurde. Nur die Augenfarbe weiß ich nicht mehr. Können Sie sich erinnern?"

„Nein." Sie waren am Ende der Gasse angekommen und Katharina hielt an.

„Bis hierher, jetzt weiß ich gerade erst mal nicht weiter."

„Das trifft sich gut, ich müsste nämlich auch mal austreten. Ich gehe in die Gaststätte hier. Dauert nicht lange."

„Okay, ich muss sowieso überlegen, was die nächste Eintragung bedeutet."

Kahl wischte sich den Schweiß von der Stirn. Er war total angespannt. Dem Kellner gab er einen Euro in die Hand, während er eilig weiterging, und presste sich dabei noch die Erklärung heraus: „Ich muss ihre Toilette benutzen." Der Kellner hatte daran keinen Zweifel. Nachdem Kahl sich versichert hatte, dass er dort alleine war, rief er Lehmann an.

„Sie hat nach deiner Augenfarbe gefragt. Sie hat sich erinnert. Außerdem hat sie irgendein Verzeichnis. Die weiß ganz genau, was sie macht. Die steht in einer Viertelstunde vor deiner Tür. Wenn du nicht öffnest, ruft sie die Alten an, weil sie glaubt, du bist der Vermisste. Wenn du aber öffnest, ist der ganze Plan hin. Du kannst nicht seit Mittwoch tot sein und am Samstag die Tür öffnen! Was machen wir?"

„Locke sie einfach nach hinten, die Straße vor der Stadtmauer. Du vermutest den nächsten Punkt bei meiner Scheune. Parkt direkt vor meiner Scheune und dann geht ihr zu Fuß den kurzen Klosterstieg rein. Ich steche inzwischen den Reifen platt. Bei der alten Straße ist das unverdächtig. Du wechselst ihr dann den Reifen ganz langsam, dann geht ihr Mittagessen, halt sie hin, ich brauche nur noch einen halben Tag. Hast du gehört? Wir machen das jetzt erst mal so."

Lehmann hatte aufgelegt. Einen halben Tag? Alleine? Das konnte er nicht schaffen. Kahl fühlte sich sichtbar unwohl. Hoffentlich ging das gut! Katharina grüßte ihn freudestrahlend. Sie hatte die nächste Straße gefunden. Nach 10 Minuten war es so weit.

„Das Wirtshaus fehlt in der Färbergasse. Das muss es sein!"

„Nein, also dieses Gebäude könnte vom Grundriss und von der Lage her die alte Klosterbrauerei sein."

Katharina war verblüfft.

Kahl sagte: „Wir müssen an der Stadtmauer entlang."

„Da ist aber kein Durchgang."

„Vermutlich war da früher einer. Später hat man den Platz für ein Haus genutzt und so den Durchgang verschlossen."

„Okay, probieren wir es." Katharina lenkte das Auto an diesem Tag, der wider Erwarten noch absolut sonnig geworden war, zur Durchfahrt, die an die Stadtmauer führte. Die uralte Straße war völlig menschenleer.

„Halten Sie hier, der unscheinbare Eingang da vorne ist es." Kahl stieg aus. Er drehte sich noch mal um. „Kommen Sie?" Katharina blickte nachdenklich auf das alte Gemäuer. „Klar!"

Sie gingen einen seltsamen, engen Weg hinein. Er wurde von dicken Mauerresten gesäumt, die sicher mal ein wehrhaftes Gebäude getragen hatten, aber längst zur Steinverwertung abgetragen waren und nun auf einer Seite nahtlos an eine Scheune anschlossen. Am Ende war der Gang durch eine Mauer blockiert.

‚Irgendwie passt das hier nicht' waren Katharinas Gedanken und sie beschloss zu gehen, wobei sie plötzlich spürte, dass sich hinter ihr die alte Türe öffnete. Als sie sich umdrehte, traf sie ein mächtiger Faustschlag mitten ins Gesicht. Sie fiel nach hinten, doch in dem schmalen Gang schlug ihr Kopf auf die gegenüberliegende Wand. Langsam, wie von Zeitlupe, rutschte Katharina daran herunter und hinterließ dabei eine unregelmäßige, schmale Blutspur auf dem uralten Sandstein. Ihr Handy war auf das Kopfsteinpflaster gefallen und hatte dabei irgendeine Tastenkombination ausgelöst. Eine monotone Stimme sprach etwas Unverständliches.

Während er den völlig überraschten Kahl direkt in die Augen stierte, trat Lehmann mit der Hacke auf das Handy und zerquetscht es wie einen Zigarettenstummel.

Landeskriminalamt Thüringen, Erfurt

Die Bürotür wurde aufgerissen, der IT-Spezialist stürzte herein. Von Müdigkeit und Langeweile war nichts mehr zu spüren. Man konnte meinen, hier stünde ein Kind, das gerade eine ungeheuerliche Entdeckung gemacht hatte, vor seinen Eltern und wollte sich mitteilen, um eine Last loszuwerden.

„Das müssen Sie sich ansehen. Das müssen Sie sich anschauen! Kommen Sie mit!"

Carmen und Edgar waren zeitgleich aus ihrer bequemen Haltung in eine kerzengerade Sitzposition hochgeschreckt, nur um wiederum gleichzeitig von den Stühlen in den Stand zu wechseln. Sekunden später liefen sie durch die Flure und hatten alle Mühe, dem IT-Spezialisten zu folgen. Auf dem Weg durch das Gebäude flogen hastig einige Sätze hin und her.

„Es war sogar ein Video auf der Kamera. Entweder wollte der seine Entdeckung filmen oder er hat die falschen Tasten gedrückt."

Sie waren endlich in dem abgedunkelten Büro angekommen.

„Ich starte."

Auf dem Bildschirm waren die Umrisse zweier Personen zu sehen, die sich im hellen Gelb von einem bläulich-violetten Hintergrund abzeichneten, ähnlich einem Scherenschnitt. Hinter ihnen leuchtete in violetten Farben, gut erkennbar, das Oval des von der Seite gefilmten Brunnens. Der IT-Spezialist unterbrach die Stille des Raumes. Er redete übertrieben laut.

„Ich muss vorspulen. Moment, gleich sehen Sie es. Da!"

Die Aufnahme lief in normaler Geschwindigkeit weiter. Nun sah man eine Gestalt über das Oval gebückt. Man konnte Personen und Gegenstände am besten erkennen, wenn sie in Bewegung waren. Die zweite Person stellte sich nun hinter die andere. Man sah ihn die Arme in die Luft heben, doch sie schienen leer. Die Arme rasten schnell herunter, die Kamera konnte die Bewegung nicht auflösen. Es sah aus, als zogen seine Arme einen gelben Schatten hinterher. Seine Arme stoppten abrupt in dem Moment, als die erste Person nach vorn fiel. Eine Weile verharrten beide so, doch dann gingen beide Arme wieder hoch. Dabei sah man eine orange gefärbte sichelförmige Spitze, die seinen Armen magisch zu folgen schien. Die Sichel raste zusammen mit den Armen wieder nach unten. Der Oberkörper der knienden Person färbte sich orange bis rot, was eine höhere Temperatur vermuten ließ. Von seinem Oberkörper fielen einzelne rote Tropfen herab, bis schließlich eine rote Schnur direkt in das Oval des Brunnens führte. Plötzlich verschwand die kniende Person sehr schnell nach unten. Es herrschte nun wieder das dunkle, leere Blau des Ovals. Schließlich folgte die Sichel, deren Spitze noch immer gelb leuchtete, der Person in den Schlund der Erde.

Edgar war für einen Moment sprachlos. Er sah sich nach Carmen um, die aus Mangel an Stühlen stehen geblieben war. Sie hielt sich die Hand vor den offenen Mund.

Edgar musste sich sammeln, bevor er wieder denken konnte.

„Wer hat die Kamera wieder ins Landesamt gebracht? Das kann doch nur dieser Kahl gewesen sein. Warum hat er das gemacht?"

Der IT-Spezialist hatte sich wieder gefasst.

„Ich habe noch etwas Merkwürdiges gefunden. Es gibt ein Bild, das offensichtlich manipuliert wurde. Sehen Sie hier, da ist der Raum aufgenommen worden, den wir eben gesehen haben. Es gibt das gleiche Bild noch mal, aber ohne das komische runde Ding im Boden. Das hat einer mit viel Aufwand geändert."

Carmen verstand das Spiel allmählich. „Kahl hat Katharina etwas vorgespielt, als sie mit ihm unterwegs war. Er hängt da mit drin. Er hat die Kamera genommen, weil da das Bild schon drauf war. Es ist eines der Häuser, die sie zusammen geprüft haben. Wir müssen Katharina warnen. Ich rufe sie an, damit sie herkommt." Carmen ließ es eine ganze Weile klingeln, dann schaute sie entsetzt zu Edgar.

„Ich kriege keine Verbindung!"

„Vielleicht hat sie das Handy irgendwo liegen lassen."

Carmen schüttelte den Kopf, als ob sie die dunklen Gedanken darin herausschütteln könnte.

„Ausgeschlossen, das würde sie nie tun, nach allem, was war. Schau doch mal auf deinem Handy nach, sie wollte dir doch eine Nachricht schicken, falls sie dringend fortmüsste."

Edgar hatte die SMS-Nachrichten erst vorhin im Büro geprüft. Da war nichts. Aber in der oberen Zeile, die er nie beachtete, stand etwas, das nicht dem üblichen Spam entsprach. Er hatte dieses Handy erst vor Kurzem bekommen. Katharina hatte es ihm eingerichtet. Als er die obere Zeile anklickte, öffnete sich ein grünes Fenster – WhatsApp. Edgar starrte wie versteinert auf die Nachricht, dann las er sie vor: „Hi, ich bin in Weißensee. Ich habe eine Spur, wo der Brunnen aller Wahrscheinlichkeit nach zu finden ist. Keine Sorge, ich betrete keine Häuser, ich fahre nur die Straßen ab. Außerdem begleitet mich Herr Kahl. Sobald ich es gefunden habe – das sollte in der nächsten Stunde sein – rufe ich Sie an. LG Katharina"

Edgar war einen Augenblick wie versteinert. Whatsapp – warum keine SMS? Verdammt! Dann erwachte er ebenso plötzlich, wie er versteinert war. Zu Carmen gerichtet sagte er: „Du lässt das Handy von diesem Kahl orten. Prüfe, ob er bei einem der Häuser war, die Frau Jöhne mit einem Kreuz gekennzeichnet hat. Schick mir die Adresse per SMS und dann komm hinterher. Ich fahre jetzt los!"

Er wartete keine Fragen ab, sondern rannte bereits das Treppenhaus herunter. Dabei überrannte er beinahe den Kriminalrat.

„Herr Keilert, was ist denn los? Habe Sie eine heiße Spur? Ich wollte mich kurz mit Ihnen über die Veröffentlichung in der Zeitung unterhalten."

Inzwischen hatte Edgar die ausgestreckte Hand zur Begrüßung ergriffen.

„Herr Keilert, so habe ich Sie noch nie erlebt. Ihre Hände schwitzen ja!" „Ich muss los! Unterstützen Sie Carmen!"

Damit rannte Edgar die Treppen weiter herunter, die letzten 5 Stufen jeder Etage sprang er. Im Auto angekommen trat er auf das Gas wie niemals zuvor im Leben. Blaulicht und Sirene schaltete er im Fahren ein.

Färbergasse 8, Weißensee

Als Katharina das Bewusstsein wieder erlangte, registrierte sie Kahls Stimme, konnte die Worte jedoch nur schwer einordnen.

„Ich dachte, ich sollte sie nur ablenken? Was soll das? Was soll ich ihr erzählen, wenn sie wieder zu sich kommt?"

„Wer sagt, dass sie wieder zu sich kommt? Glaubst du Idiot, die hätte jetzt Ruhe gegeben?"

Er sah Kahl noch immer in die Augen.

„So bleibt alles bei unserem Plan. In ein paar Stunden bin ich weg und du musst dir keinen Kopf mehr machen, dass deine Geschäfte mit dem alten Kram auffliegen."

Nach einer kurzen Pause folgte: „Es ist eben noch jemand verschwunden."

Katharina konnte die Stimmen hören, aber das Gesagte nicht einordnen. Sie verlor noch einmal das Bewusstsein. Als sie wieder erwachte, konnte sie bereits viel mehr Dinge ihrer Umgebung zuordnen. Sie registrierte, dass ihre Hände mit Klebeband gefesselt und hinter ihrem Körper fixiert waren, vermutlich mit dem gleichen Klebeband, das ihr über den Mund geklebt worden war. Lehmann kam aus dem Keller.

„So, ich habe die Träger wieder herausgenommen. Es kann losgehen. In ein paar Stunden ist alles vorbei, als ob nie was war. Wieso hast du ihr nicht gleich die Nase zugeklebt? Dann hätte sie's schon hinter sich. Jetzt ist sie wieder aufgewacht."

Kahl war kreidebleich.

„Das musst du machen. Ich kriege das nicht hin! Wieso gibt's keine andere Lösung?"

„'ne andere Lösung? Nur, dass wir in den Knast gehen. Ich habe doch niemanden gebeten, hier hereinzuschneien und rumzuschnüffeln! Das haben die sich selbst zuzuschreiben! Los jetzt, halt sie wenigstens fest."

Katharina atmete schnell und stoßweise. Sie hatte inzwischen gemerkt, dass ihre Beine zwar auch gefesselt waren, doch nur eins am anderen. Außerdem lag sie auf einer Pritsche irgendwie erhöht. Als Kahl sich ihren Füßen näherte, um sie wie befohlen festzuhalten, zog sie ihre Beine schnell zu sich und trat ihm dann mit aller Kraft gegen seine Brust. Das hatte gezogen! Kahl verließ endgültig der Mut. Er setzte sich einfach hin und sah mit eingefallenem Gesicht, wie Lehmann von der Kopfseite herankam. Er hatte ein Seil dabei und lächelte! Ja, er schien sich darauf zu freuen.

Bundesstraße 86, kurz vor Weißensee

Edgar nahm das Telefonat an und schaltetet kurz das Martinshorn aus. „Carmen?"

„Ja, also hör zu. Es war die letzte Aufnahme, die Katharina an diesem Tag gemacht hat. Katharina hat alle Fotos mit Ort und Zeit der Aufnahme umbenannt, die Metadaten der Fotos stimmen mit dem überein. Außer bei dem manipulierten Foto, die Datei wurde viel früher erstellt. Katharina hat sie in Färbergasse 8 umbenannt. Das stimmt auch grob mit den Handydaten von diesem Kahl überein. Also, du hast sie doch dort abgeholt."

„Ja, ich weiß noch, wo das war."

„Und noch was, das Bewegungsprofil von diesem Kusserow ist jetzt ausgewertet. Er war vor einigen Wochen öfters auch dort in der Ecke, gehört also wirklich dazu. Ich schwinge mich jetzt zu den Kollegen in den Streifenwagen. Bist du schon da?"

Färbergasse 8, Weißensee

Lehmann sah, wie schnell sich Katharinas Brustkorb hob und senkte. Er griff ihr an die Brüste, doch er fühlte nicht das, wonach ihm war, er fühlte bloß die Panik.

„Ach, du bist viel zu dürre dafür. Bringen wir's hinter uns."

Er drückte das Seil auf ihren Hals. Die Enden drückte er einfach nach unten. Da er hinter ihrem Kopf stand, musste er sich vorn über beugen und konnte ihr dabei in die Augen sehen. Das war es, was er wollte! Katharinas einzige Chance, ihre einzige Bewegungsfreiheit waren ihre Beine. Mit einem übermächtigen Schwung warf sie sie nach hinten. Der Schwung hätte für eine Rolle rückwärts gereicht, wenn da nicht Lehmann gestanden hätte, den traf sie mit dem linken Schuh an der Stirn, kam nach rechts ab und fiel von der Steinpalette, auf der sie lag. Der Tritt hatte Lehmanns Wut entfacht.

„Jetzt habe ich die Faxen satt. Wenn du's nicht anders willst, geht's eben so ab ins Loch!"

Er packte Katharina an den langen Haaren und schleifte sie einfach hinter sich her. Aus Schmerz und Verzweiflung wand sie sich hinter ihm. An der Kellertreppe angekommen, gab er „Schwung" und ließ sie unvermittelt los, sodass sie sich überschlug und die Kellertreppe herunterstürzte. Immerhin, durch das Schleifen und durch die Kraft, die aus der Angst erwuchs, war das billige Klebeband, das ihre Hände und Füße fixierte, zerrissen. Doch Lehmann ließ ihr keine Zeit. Schon wieder packte er sie an den Haaren und zerrte sie in Richtung des Loches. Wenigstes konnte sie jetzt nach oben greifen und bekam so seine Arme zu fassen. Wenn sie jetzt nur nicht so benommen wäre ...

Edgar legte eine Vollbremsung hin. Er hatte das Auto so zum Stehen gebracht, dass es ihm als Leiter dienen konnte, falls Tür und Tor verschlossen waren. Nachdem er das überprüft hatte, zögerte er keine Sekunde und stieg über die Motorhaube auf das Dach des Autos. Die Mauer war recht hoch, er konnte nicht darüber hinwegsehen, doch er wollte ja auch nicht schauen und abwarten. Während er sprang, stützte er sich mit beiden Händen auf der Mauerkrone ab und sah so einen Augenblick die Glasscheiben, die in den Beton eingelassen waren und sich mit einem unglaublichen Schmerz in beide Hände bohrten. Er fiel zurück auf das Dach und konnte gerade noch verhindern, dass er unkontrolliert herunterstürzte.

Lehmann hielt Katharina noch immer an den Haaren gepackt und schleuderte sie in einem Halbkreis um sich herum. Das Stück Klebeband, das ihr den Mund verschlossen hatte, hielt dem Druck nicht mehr stand, als sie vor Schmerzen aufschrie. Ihre Beine! Sie zog sie an. Sobald sie festen Boden verspürte, würde sie sich nach hinten abstützen und sich auf ihn werfen. Endlich spürte sie mit dem rechten Fuß eine feste Kontur. Sie trat mit unglaublicher Kraft ... ins Leere. Das konnte doch nicht sein! Katharinas Beine suchten nach Halt, doch statt auf einen Boden zu stoßen, bewegten sie sich frei. Dafür hörte sie ein lauter werdendes Rascheln, als immer mehr große und kleine Steine mit einem unheimlichen Grollen in die Tiefe stürzten. Lehmann hatte ein widerliches lautes Lachen begonnen. Nun ließ er ihre Haare los, doch Katharina umfasste inzwischen mit beiden Händen seine Unterarme. Laut lachend schaute er ihr in die Augen, während er zuerst ihre rechte Hand von seinem Handgelenk löste und danach auch die linke. In ihrer Not hatte Katharina nach einem Holzbalken gegriffen, der halb über dem Loch hing. Nun steigerte Lehmann sein Lachen noch. Er griff das Ende des Balkens und zog ihn zu sich, bis das andere Ende über die Kante des Loches gerutscht war. Noch immer klammerten sich ihre Hände daran fest. Doch Lehmann brauchte nur das Ende ein bisschen nach oben zu heben und der Balken verschwand in dem Loch. Der Lärm der vielen Steine, die mit ihm abrutschten, überdeckte alle Geräusche. Lehmanns Lachen ebbte ab. Er ging nach oben, doch der Rausch seiner Macht war noch nicht verflogen. Auf der Treppe kehrte er um und stieg auf das Fundament, das das Loch umgab. Es hatte ihn erregt, er wollte seinen Sieg genießen. Er öffnete seine Hose.

Plötzlich jagte ein lauter Knall die Kellertreppe herunter. Es war eine laute Explosion auf seinem Hof, gefolgt vom Ruf „Polizei". ‚SEK', schoss es Lehmann durch den Kopf. ‚Jetzt bloß weg hier!' Beim Hinausrennen schnappte er seine Tasche. ‚Die Scheune, die Türe darin, das werden sie übersehen haben.' Lehmann floh durch den gleichen Weg, durch den sie Katharina vorhin hereingebracht hatten.

Edgar hatte sich aufgerafft und war auf die Straße gelaufen. Dort fuhr ein Traktor auf ihn zu. Der alte ZT 300 hatte vorn Zusatzgewichte aus Beton, genau das, was jetzt gebraucht wurde. Er hielt seinen Polizeiausweis hoch. Der Fahrer sah zunächst nur die blutüberströmten Hände und meinte, Erste Hilfe leisten zu müssen. Doch Edgar erklomm sofort die Fahrerkabine und erst jetzt registrierte der Fahrer den Polizeiausweis in der aufgequollenen Hand des Polizisten. Ihm wurde klar, dass dieser Kommissar etwas ganz anderes vorhatte.

„Fahren Sie sofort das Tor dort ein!"

„Was? Durch das geschlossene ..."

„Tun Sie es! Los! Mit Schmackes!"

„Sind Sie sicher ..."

„Ich übernehme die Verantwortung!"

Der Traktor fuhr mit voller Wucht durch das Holztor, zerbrochene Bretter und Splitter flogen nach allen Seiten, wie bei einer Sprengung. Als Edgar absprang, hatte er Kahl bereits gesehen. Auf den Ruf „Polizei" reagierte dieser gar nicht. Mit großer Mühe gelang es Edgar, trotz der blutenden Hände, Kahl Handschellen anzulegen. Doch im Grunde interessierte der ihn gar nicht. Viel wichtiger war die Frage, die er ihm ins Gesicht brüllte: „Wo ist sie?"

Manuel Kahl schaute langsam auf. Er hatte beim Zerbersten des Tores überhaupt keine Regung von sich gegeben. Sein Gesichtsausdruck war verzweifelt. Wieso war er nicht dazwischengegangen? Warum war er so ein verdammter Feigling? Zu Edgar sagt er mit leiser dumpfer Stimme: „Sie kommen zu spät."

In Edgar brach in diesem Moment die Welt zusammen. Alle Zuversicht, alle Gradlinigkeit, alle Logik, die seinen Handlungen zugrunde lagen, die ihn sein ganzes Leben lang begleitet hatten, lösten sich mit einem Male auf. Es war geschehen! Sie war ihm zugeteilt worden. Er war für sie verantwortlich und er hatte versagt! Alles war vorbei! WhatsApp, SMS, dieses verdammte dreckige Haus, alle Maßstäbe wurden bedeutungslos. Es gab nur noch den einen Sinn. Er zog die Pistole aus dem Halfter und betrachtete sie in seiner geschwollenen Hand. Er würde ihn jagen und erschießen, er würde ihn nicht festnehmen! Er hatte sehr wohl registriert, dass eine Person in die Scheune geflüchtet war. Doch zuvor musste er in das Haus, er musste sich vergewissern ... Er rannte auf den Eingang zu, doch seine Schritte wurden immer langsamer, bis er schließlich ganz langsam ging. Er wollte nicht hinein in dieses widerliche graue Haus. Er würde dort nur noch Leere vorfinden, doch er wusste, er musste diesen Gang jetzt gehen. Im Flur angekommen war es wie erwartet völlig still. Edgar lehnte sich an eine Wand. Nun begannen seine Knie zu zittern, er wusste tatsächlich nicht mehr, ob sie durchgedrückt waren oder ob er gerade nach unten wegsackte. So oft hatte er von weichen Knien gelesen und es immer für eine Metapher gehalten. Daran musste er jetzt denken, um ja nicht daran erinnert zu werden, was er nun tun musste. Er würde es nur einmal tun. Er wird nur einmal nach ihr rufen! „Katharina?"

Die Sekunden danach waren die schwersten seines Lebens. Er spürte jetzt deutlich, wie die Knie versagten, und ein Gefühl der Verzweiflung ließ Tränen in seine Augen schießen.

„Hier!"

Augenblicklich hob er seinen Kopf. Es kam aus dem Keller. Aber vermutlich fantasierte er. Hände und Knie zitterten, als er die uralte Kellertreppe hinabstieg. Ein widerlicher Gestank drang in dem Augenblick über seine Nase in sein Bewusstsein ein, als er es sah, dieses grauenhafte große Loch. Niemals würde er diesen Gestank wieder vergessen. Es hatte sich in seinem Gehirn festgebrannt. Doch es war nicht die Zeit zum Grübeln. Er nahm einen kurzen Balken, um nicht selber in den Trichter abzurutschen. Noch immer zitternd stellte er einen Fuß darauf. Es war idiotisch, doch er wagte es nicht, noch einmal zu rufen. Die Angst, keine Antwort zu erhalten, hielt ihn davon ab. Aber wie sollte sie aus dem Brunnen geantwortet haben? Er hatte fantasiert! Trotzdem nahm jetzt allen Mut zusammen und beugte sich vor, um hinab zu sehen. Was er sah, entsprach überhaupt nicht seine Erwartungen, er konnte es auch nicht verstehen. In circa 3 bis 4 Metern Tiefe befand sich so etwas wie ein massiver heller Betonring, in dessen Mitte ein scheinbar unendliches Loch in die Erde ragte. In einem Brunnen aus dem Mittelalter? Ein Holzbalken hatte sich darüber quergelegt. Katharina stand auf dem Ring und hielt sich an dem Balken fest!

„Moment, ich glaube, hier gibt es eine Leiter. Gut festhalten!"

Den letzten Hinweis hätte er sich sparen können, sie stand dort völlig sicher. An der Kellerwand lag tatsächlich eine Sprossenleiter, die in einer bestimmten Höhe abgesägt war. Als Edgar sie in das Loch schob, wurde ihm klar, warum man sie genau in dieser Höhe gekürzt hatte.

„Vorsicht, ich schiebe sie runter."

„Okay, hab sie", kam es von unten.

Edgar hielt mit schmerzenden Händen die Holme der Leiter fest, während Katharina mühelos heraufkam. Für den letzten Schritt zur Seite reichte er ihr die Hand, die sie so fest ergriff, dass Edgar vor Schmerzen aufschreien musste. Da stand sie plötzlich neben ihm! Mit vielen kleinen Schrammen und Blutungen und einem ungeheuren Puls, aber auch mit ihrer wundervollen Art. Er hätte sie am liebsten umarmt, doch innerlich wurde er langsam wieder zu Edgar. Katharina hatte diese Scheu nicht.

Erst nachdem sie wieder auf dem Hof waren, spürte Edgar den ungeheuren permanenten Schmerz, der von seinen Händen ausging. Der Fahrer des Traktors hatte seinen Verbandskasten geholt und Katharina begann, seine Hände zu verbinden. Erstaunt merkte er, wie sie durch diese Arbeit wieder zu sich fand. Alle hatten das im Erste-Hilfe-Kurs mal gemacht. Trotzdem, er würde das nie so hinbekommen wie sie.

„Wohin will er?"

In Edgars Frage an Kahl lag noch immer unterschwellige Wut.

„Er hat sein Auto unten am großen Parkplatz am See geparkt."

Katharina sah Edgar mit großen Augen an. Er wusste, was dieser Blick zu bedeuten hatte: „Jagdinstinkt". Eigentlich müsste seine Antwort „Nein" lauten, doch sein Gefühl sagte ihm etwas anderes.

„Ich kann nicht mit. Sei vorsichtig. Treibe ihn mit dem Auto in Richtung Erfurt, Carmen ist da schon auf dem Weg, da könnt ihr ihn schnappen."

„Nur für den Ernstfall."

Damit gab er ihr seine blutverschmierte Waffe.

Parkplatz am See

Lehmann hatte sich außen vor der Stadtmauer durch das Gebüsch geschlagen. Im Grunde war noch alles möglich. Er hatte das Geld und den Ausweis von diesem Händler, somit eine andere Identität. Die Münzen würde er später noch holen und sich um Kusserow kümmern. Nun hieß es erst mal: „Weg von hier!" Ganz unauffällig ließ er das Auto ruhig über den vollen Parkplatz rollen.

Das Burgfest hatte Unmengen von Besuchern angelockt und der Platz vor der Stadt war ideal, um ihnen Parkplätze zu bieten, und auch ideal dafür, dass sein Auto in der Masse keinem Nachbarn auffiel. Nur am Ausgang versperrte eine große Limousine mit getönten Scheiben den Weg. Warum fuhr der nicht rechts, wie es sich gehörte? Ganz langsam und ganz rechts fuhr Lehmann weiter, doch das andere Auto fuhr ganz gemächlich mitten auf der Fahrbahn und versperrte den Weg. Als es nur noch einen Meter entfernt war, hielt es sachte. Lehmann konnte durch die getönten Scheiben niemanden erkennen. Doch plötzlich ging hinter der Frontscheibe ein Blaulicht an.

Verdammt! Kahl hat geredet, dieses Weichei! Mit einem Ruck setzte Lehmann zurück, wendete völlig unverhofft und raste zum südlichen Ende, denn dort gab es noch einen teilweise unbefestigten Weg, der zurück auf die Hauptstraße führte. Dann würde er auf der B 86 hier am Parkplatz vorbeifahren.

Was Lehmann nicht ahnte, war, dass Katharina diesen Ausgang sehr wohl kannte und nun den Parkplatz verließ, um ihn auf der Straße stadtauswärts zu stoppen. Als sie ihn kommen sah, stellte sie das Auto quer – kein Durchkommen. Lehmann wendete erneut und raste durch das Städtchen. Er ahnte, dass er in Richtung Erfurt nicht weiterkommen würde, also musste er diese Polizisten austricksen, indem er sie in den engen Gassen abschüttelte und dann in Richtung Heldrungen verschwand.

Katharina fuhr das Rennen ihres Lebens. Mit Blaulicht und Martinshorn blieb sie wenige Meter hinter ihm. Selbst als er eine Vollbremsung machte, in der Hoffnung, das Auto würde auffahren und die Airbags des Polizeiwagens auslösen, musste er feststellen, dass das Auto hinter ihm das Manöver mühelos mitmachte. Mit Vollgas setzt er zurück direkt auf das Polizeifahrzeug zu. ‚Wir wollen doch mal sehen, ob wir die Airbags nicht zum Auslösen kriegen.‘ Lehmann wollte schon ein Lachen anstimmen, doch Katharina hatte selbst dieses Manöver vorausgeahnt und den Rückwärtsgang längst eingelegt. Er schaffte es einfach nicht, das Auto zu rammen. Auf der Hauptstraße ergab sich letztlich doch die Möglichkeit, nach Norden aus der Stadt zu fahren, er würde sie schon noch abschütteln. Doch der Polizeiwagen raste plötzlich über den menschenleeren Gehweg an ihm vorbei und blockierte die Straße, bevor er überhaupt mal auf Gas treten konnte. Ihm blieb nichts anderes übrig, als scharf nach rechts abzubiegen. Hier gab es keine Straße mehr – Sackgasse! – und die Bullen waren schon wieder hinter ihm! Das Straßenpflaster glich einem Steinbruch und wurde immer mehr zum Feldweg. Leute winkten ihr wie wild zu. Katharina wuss-

te nicht wieso. Am Rand der Straße blieben Fetzen von Flatter-
band hängen, mit dem die Straße abgesperrt war.

Runneburg in Weißensee, der Platz der alten Vorburg

„Klick, klick, klick, klick, klick …" Hunderte Augenpaare waren
auf das Ungetüm und die jungen Männer gerichtet, die sich gerade bei der schweren Arbeit ablösten. Somit blieben alle fit. Es
sah dann auch besser aus, als wenn danach alle total k. o. am
Boden lagen. Die Vorstellung zog inzwischen ein Riesenpubli-
kum an. Einzig die Rolle des Bliedenmeisters war nicht mehr so
beliebt. Denn wer den Balken drückte, floh instinktiv vor der
unbändigen Kraft des Apparates, die sich im gleichen Augenblick entlud. Auf den zahlreichen Videos sah dies immer nach
Angst aus und welcher Sponsor wollte sich schon gerne flüchten
sehen? Da es durchaus einigen Mut erforderte, übernahm nun
immer einer der jungen Männer diesen Job, um sich zu bewei-
sen. So lief es auch heute in fast schon gewohnter Art und Weise, bis auf die Tatsache, dass unvermittelt 2 Autos über das ab-
gesperrte Feld fuhren, genau in Schussrichtung!

Lehmann nahm die sprunghafte Bewegung der Steinschleuder aus seinem Augenwinkel wahr. Bewusst machte er eine Vollbremsung und fing an zu lachen. Vor ihm lag eine Brücke, da-
hinter der Weg nach Norden, der ihn gleich für immer weg von
hier führen würde. Er gab Vollgas.

Katharina, die mit solchen Manövern rechnete, trat die Bremse ebenfalls voll durch. Trotz ABS drehte sich der Wagen über
die hügelige Wiese nach rechts und sie blickte unvermittelt auf
eine bunte Menschenmenge, bevor sie den riesigen Stein erblick-
te und das Pfeifen hörte, mit dem dieser Brocken durch die Luft
schnellte. Ohne nachzudenken, stieg sie schnell aus dem Auto –

keine Sekunde später schrammte der Brocken die Motorhaube und flog durch die Frontscheibe in das Fahrzeuginnere.
Das Martinshorn verstummte und der traurige Trümmerhau-
fen rollte einige Meter nach hinten. Katharina stand noch da,
wo sie ausgestiegen war, bis sie in Ohnmacht fiel.

Lehmann lachte noch immer über sein gekonntes Manöver, als er auf die uralte Steinbrücke fuhr, die wohl mal einen inzwischen verlandeten Burggraben überspannt hatte. Er lachte auch über das blödsinnige Warnschild ‚Verkehrsverbot'. Was sollten all die blöden Schilder? Er war hier schon oft langgefahren – vor 10 Jahren. Damals konnte man den kleinen Graben hinter der Brücke mit einem großen Schritt überqueren. Als er jetzt den Scheitelpunkt der Steinbogenbrücke überfuhr, sah er, dass der Graben mittlerweile zwei Meter tief war, und der Sinn des Schildes wurde ihm schlagartig bewusst. Der Weg, auf dem er die Burg umfahren wollte, war nur noch ein schmaler Pfad, weil der Graben nicht nur tiefer, sondern auch viel breiter geworden war. Mit einem vollen Lenkeinschlag schaffte Lehmann es, die Vorderräder auf dem Pfad zu halten, aber das Heck des Autos brach unweigerlich aus. Die Hinterachse rutschte seitwärts in den Graben. Vollgas! Vielleicht schafften es die Vorderräder, ihn wieder herauszuziehen! Die Fahrt ging tatsächlich zügig weiter, doch nur entlang des Grabens, nicht heraus. Das Heck rutschte immer wieder hinein, arbeitete sich wieder hoch, rutschte wieder hinein … Vollgas schien die einzige Möglichkeit, dem Graben zu entkommen. Gleich! Gleich geschafft! Mehr Gas! Er hatte schon 40 km/h drauf und langsam stieg das Heck immer höher, als das linke Hinterrad auf einen massiven Stein traf. Der Schlag drehte das Auto nach links und so steuerte es plötzlich im spitzen Winkel die Böschung hinab direkt in den Graben, egal wie Lehmann lenkte.

Er kam bis zur Betonröhre. Die hätte eigentlich eingekürzt werden müssen, um den freien Querschnitt des Grabens nicht einzuengen, doch sie wurde an einem Freitag eingebaut und die Bauarbeiter wollten ins Wochenende. So ragte die massive Röhre einen halben Meter in den Graben hinein. Sie stoppte das Auto abrupt und faltete die Front wie Papier. Alle Airbags lösten aus, sämtliche Scheiben zersprangen, als das Dach von der gegenüberliegenden Grabenseite eingedrückt wurde. Das Wasser des Baches bahnte sich sofort seinen Weg durch das Wrack.

Als Katharina die Augen einen Spalt weit öffnete, sah sie ihre Schuhe neben der Sonne und gleich daneben einen Kopf mit merkwürdiger Ledermütze drauf. Das sah lustig aus. Ein lustiger Traum. Sie beschloss weiterzuschlafen. Einen Augenblick später öffnete sie die Augen doch wieder einen Spalt breit. Der lustige Kopf war noch da und hatte sich inzwischen vermehrt. Einer hatte lauter Zipfel am Kopf mit Glöckchen dran. Und da waren immer noch ihre Schuhe und die Sonne. Die lustigen Köpfe gestikulierten, aber Katharina hörte nichts. Sie machte die Augen wieder zu. Aber diese Schuhe? Das sind doch genau die, die sie heute Morgen angezogen hat! Oder? Sie machte die Augen wieder auf. Tatsächlich! Und sie konnte die Füße sogar bewegen und gegen die Sonne treten. ‚Wieso sind meine Füße oben?‘ Allmählich drangen Stimmen zu ihr durch. Es waren nur Wortfetzen: „Muss nur wieder zu sich kommen …“, „Ist doch diese Kommissarin …“, „Glück gehabt …“ Wo war sie hier? Sie drehte den Kopf und sah um sich lauter Beine und frisches Gras. Sie lag hier! Als Nächstes sah sie einen jungen Mann mit gelber Warnweste. Er kniete direkt vor ihr und sprach sie an: „Hallo, wie geht es Ihnen?“

Katharina antwortete: „Gut. Und Ihnen?“

Darauf lachten alle. ‚Warum? Klar, das war ein Sanitäter. Aber warum sagt der Hallo zu mir?‘ Allmählich verstand sie, dass ihr Zustand der Grund war. Sie musste hingefallen sein. Stück für Stück kam die Erinnerung zurück.

‚Die Tasche!‘ war Lehmanns erster Gedanke, nachdem ihm die Airbags kurzzeitig k. o. geschlagen hatten. Das kühle Wasser ließ ihn schnell wieder zu sich kommen. Sie lag auf der Rückbank. Er kriegte sie zu fassen und kroch benebelt und mit einiger Mühe aus der Beifahrertür, die fast senkrecht nach oben zeigte. Seine Gedanken waren schon bei seiner weiteren Flucht, als sich ihm eine Hand entgegenstreckte, um ihm aus dem Graben zu helfen. Kaum hatte Lehmann wieder geraden Boden unter den Füssen, holte er zu einem Schlag aus, so wie er es am Vormittag bei Katharina getan hatte. Doch Lehmann war nicht in bester Verfassung. Sein Gegenüber schon. Der junge Mann gehörte zu jener Gruppe, die eben noch die Steinschleuder gespannt hatte. Sie waren nicht nur zusammen im Burgverein, sondern auch bei der freiwilligen Feuerwehr, und es war klar, dass sie helfen würden, als sie sahen, wie das Auto in den Graben raste. Direkt sehen konnten sie es nicht, aber die Dampfwolken, die aus dem gebrochenen Kühler emporstiegen, sah man über den Erdwall. Sie ließen nur den einen Schluss zu, dass das nicht gut gegangen war.

Sie hatten sehr wohl registriert, dass das erste Auto vor der Polizei geflüchtet war, so kam das nicht ganz unerwartet. Der sportliche Mann hatte nicht die kleinste Mühe, dem Schlag auszuweichen. Er sah fassungslos zu seinen Leuten rüber, als wollte er sagen: „Hat der das eben ernst gemeint?" Lehmanns zweiten ‚Schlag' stoppte eine starke Hand, die seinen Arm packte und ihn mit einem Ruck auf den Rücken drehte.

„So, los geht's!"

Lehmann stöhnte auf. „Wohin?"

„Ich schätze, in den Knast, du Idiot."

Katharina kam langsam wieder zu sich und die Anspannung der Leute, die eigentlich nur gekommen waren, um die Steinschleuder in Aktion zu sehen, ließ nach, als sich herumgesprochen hatte, dass niemandem etwas passiert war.

„Dieses Jahr haben wir wenigstens mal was getroffen!"

Katharina war sich noch immer nicht ganz klar, warum sie hier war, als plötzlich Lehmann, vornübergebeugt und von etlichen jungen Menschen eskortiert, bei ihr abgeliefert wurde. Schlagartig kam die Erinnerung wieder auf und mit ihr die Wut. Ihr Puls schnellte hoch.

„Wir haben hier was für Ihre Sammlung schräger Vögel, einen Widerling."

Der Mann hielt Lehmann noch immer fest und war völlig tiefenentspannt. Anders als Katharina. Sie hatte inzwischen ihre Handtasche aus dem verbeulten Polizeiwagen gegriffen und wühlte darin wie verrückt, doch sie hatte offenbar Schwierigkeiten zu finden, was sie suchte. Wie in Trance nahm sie einfach Dinge heraus und reichte sie nach rechts zu wildfremden Personen. Der Mann neben ihr war überrascht, aber belustigt. Er bekam Haarspray, Deo, eine Haarbürste, einen Schlüsselanhänger und eine herzförmige Dose, die er leicht schmunzelnd in die Runde zeigte. Schließlich verlor Katharina, offensichtlich unter Stress stehend, die Geduld. Sie kippte den Inhalt der Tasche einfach auf den Boden. Die Umstehenden waren gespannt, was sie eigentlich suchte. So richtete sich die Aufmerksamkeit der Zuschauer ganz auf die Utensilien, die sich jetzt im Gras verteilten, und so erschraken alle gleichzeitig, als zwischen ihrer Brieftasche, einem Handyladegerät und allerhand Krams eine blutverschmierte Pistole auftauchte. Der Schreck nahm zu, als Katharina – wie von Sinnen – danach griff, und wich einer großen Erleichterung, als sie sich mit einem Paar Handschellen wieder aufrichtete. Jetzt erst schnappte sie sich Lehmann. Mit erkennbarer Wut zog sie durch, was sie bisher nur auf der Polizeischule geübt hatte. „Hände auf den Rücken! Gesicht zum Auto! Beine auseinander!" Lehmann wollte langsam und mürrisch nachkommen, doch Katharina packte ihn und schob ihn an das Auto, während sie seine Arme, einen nach dem anderen, nach hinten zog. Die Handschellen klickten. „Beine auseinander!", rief sie eindringlich, doch Lehmann ließ sich Zeit. Schließlich trat sie mit ihrem Fuß Lehmanns Beine unsanft auseinander und durchsuchte ihn von oben bis unten. Das alles ging rasend schnell vor sich und wirkte absolut professionell. Lehmann hatte sich wieder gefasst. Seiner Stimmlage nach zu urteilen, schien es ihm überhaupt nichts auszumachen.

„Nicht mal der Teufel wollte dich widerliche Schlampe ficken, hat er dich wieder ausgespuckt aus dem Loch?"

„Schnauze!" Katharina packte ihn am Hinterkopf und stieß ihn nach vorne, sodass sein Gesicht mit Schwung auf das Autodach niederkrachte, was ein Raunen in der umstehenden Menge verursachte. Eine ältere Dame ermahnte sie: „Das dürfen Sie aber nicht tun!"

„Sie ist noch in der Ausbildung, sie kann das noch nicht richtig", hörte man von hinten. Carmen drängte sich durch die Menge und hoffte, mit ihrem nicht ganz ernst gemeinten Spruch die Stimmung etwas zu lockern, damit niemand auf den Gedanken kam, das eben Geschehene zu melden. Sie nickte Katharina wohlwollend zu.

„So, den übernehme ich dann mal, ich bin nämlich schon fertig mit meiner Ausbildung."

Damit führte sie Lehmann zum Streifenwagen, der, völlig unbeachtet, direkt hinter der Menschenmenge gehalten hatte. Der Sanitäter nahm sich wortlos seiner blutenden Nase an.

Die Stimmung der Umstehenden hellte sich wieder auf.

„Sag mal Bürgermeisterchen, du kannst doch nicht einfach die Polizei abschießen! Du musst mal 'n bisschen besser zielen!" „Nächstes Jahr verlangen wir doppelten Eintritt." „Die Chinesen da hinten haben sogar noch geklatscht. Die dachten, das gehört zur Show."

Edgar hatte sich inzwischen seinen Weg zum Polizeiwagen gebahnt. Er konnte unmöglich sofort ins Krankenhaus, er musste erst wissen, was geschehen war.

Nachdem Lehmann aus ihrem Sichtfeld verschwunden war, kam auch Katharina zur Besinnung. Sie hob erst mal die Pistole auf. Als sie Edgar sah, blickte sie kurz zum Dienstwagen, der einen furchtbaren Eindruck machte, und dann mit krauser Stirn und fragendem Blick wieder zu Edgar. Der ging einmal ganz herum, sah den riesigen Brocken im Inneren und realisierte erst jetzt, was das Auto mitten auf einer Wiese ohne Baum und Strauch derart zerstört hatte. Er schaute Katharina in die Augen, zuckte mit den Schultern, grinste und sagte: „Steinschlag! Das macht die Versicherung."

Es brachte Katharinas Lächeln zurück.

In diesem Augenblick, zwei Meter entfernt, machte es leise „Klick". Darauf hatte er gewartet, genau auf diesen Moment, genau auf dieses Foto!

Eine Zweiraumwohnung im Norden Erfurts

Katharina brauchte nicht im Krankenhaus zu bleiben. Sie hatte jede Menge Prellungen und Hautabschürfungen und die Ärztin rief entsetzt: „Wer hat Ihnen denn das angetan?" Die Antwort kam trocken: „Ein Mörder, aber der sitzt jetzt ein." Dieses Selbstbewusstsein beeindruckte die Ärztin. Sie klammerte die offenen Stellen und verband die großflächigen Abschürfungen.

Obwohl Katharina müde war, kam sie heute wieder nicht in den Schlaf. Sie hatte den Brunnen tatsächlich gefunden! Aber sie war heute auch einem schrecklichen Tod in dem widerlichen Loch gerade noch entgangen. Nur wenige Handgriffe und auch Glück hatten sie gerettet. Sonst läge sie jetzt neben Ernst Steinhöfer und den Beginen und teilte ihr nasses Grab für immer in der ewigen Dunkelheit mit ihnen. Die Vorstellung rief ein Schaudern bei ihr hervor.

Sie rollte sich in ihre Decke ein und bedauerte es, dass sie jetzt niemanden hatte, dem sie alles erzählen konnte. Ihre Eltern wären nur besorgt gewesen und ihre Freundinnen würden sich nur darin bestärkt fühlen, dass sie ihren Entschluss, zur Polizei zu gehen, für einen Fehler hielten. Doch das war nicht das, was sie gerade brauchte.

Es war schon nach 22 Uhr, als ihr Handy unverhofft ein „Ding" von sich gab, eine WhatsApp. Es kam vom Diensthandy, ihres hatte Lehmann zerstört.

Sie nahm es mit unter die Decke. Es war Carmen.

Kannst du schlafen?

Nein.

Willst du drüber reden? Was ist dir passiert?

Es war scheiße.

Erzähl es mir, die Scheiße!

Erst nach 3 Uhr schliefen beide ein.

Polizei-Inspektionsdienst Erfurt Nord

Was Carmen befürchtet hatte, trat schließlich ein: Lehmann hatte Beschwerde eingelegt, da er misshandelt worden sei. Seine Nase war ihm von der Polizistin absichtlich gebrochen worden. So etwas konnte bei einer Verhaftung geschehen, wenn sich der Betroffene der Verhaftung widersetzte, aber es kam noch eine Beschwerde von einer Passantin, die das Ganze aus nächster Nähe gesehen hatte. Jetzt musste man dem nachgehen. Und schon wieder ging es um Katharinas Zukunft, sie wurde diesen widerlichen Lehmann nicht los.

Edgar erklärte Carmen, dass Lehmann das täte, um ihr zu schaden. Für ihn selbst brächte es gar nichts, außer eben, dass es ihn befriedigte, ihr zu schaden.

Um jeden Verdacht einer Einflussnahme zu vermeiden, wurde ein Kommissar aus dem Rheinland geholt. Er machte wohl öfters solche Ermittlungen, jedenfalls hörte Edgar am Telefon, dass dieser Kommissar von seinen Kollegen als ‚Inquisitor' betitelt wurde, natürlich nur in dessen Abwesenheit, aber das ließ nichts Gutes erahnen.

Katharina selbst war sich nicht mehr sicher, ob sie der Polizeiarbeit gewachsen war. Sie gab sich einen Ruck und teilte das Edgar mit. Er würde das am objektivsten beurteilen können. Edgar reagierte anders, als sie erwartet hatte: „Bei unserem Job kommt man irgendwann mal an seine mentalen Grenzen. Beim einen ist das früher, bei dem anderen erst nach 20 Jahren."

Dabei musste er an sich selber denken, als er sich nach so vielen Dienstjahren in Lehmanns Hausflur fand und alle Prinzipien, alle Maßstäbe plötzlich verloren waren.

„Du hast diese Grenzerfahrung nun gleich zu Beginn gemacht und du hast sie gut gemeistert. Ansonsten hättest du dich nicht für die Handschellen entschlossen, sondern ihn an Ort und Stelle erschossen. Ich wüsste nicht, wer besser geeignet wäre als du. Diese ganze Routine kommt doch von allein. Jetzt geht es erst mal darum, den Inquisitor zu überstehen."

Die ganze Zeit hielt Katharina den Kopf gesenkt. Edgar ahnte, was in ihr vorging, und er wusste, wie entscheidend das jetzt war.

„Ausgerechnet du wirst doch Lehmann nicht diesen Triumph gönnen, oder?"

Nach diesem Satz sah sie auf und schaute direkt in Edgars Augen. Endlich! Diese Entschlossenheit, dieser Blick, da war sie wieder!

Der Kollege aus dem Rheinland hatte einen Zeugenaufruf gestartet, der auf ungewöhnlich große Resonanz gestoßen war. Man hatte die unteren Räume des Reviers bereitgestellt, nicht nur, weil sich so viele gemeldet hatten, sondern auch, damit die spartanischen Räumlichkeiten den Zeugen Respekt einflößten und die Scheu vor Falschaussagen erhöhten.

Der erste Zeuge war ein gewisser Ditfurt, seines Zeichens Bürgermeister von Weißensee und damit eine Amtsperson. Ditfurt hatte während der Verhaftung nur 2 Meter entfernt direkt gegenüber gestanden. Er schilderte detailliert jeden Handgriff bei der Verhaftung. Aber einen Stoß an den Kopf hatte es dabei überhaupt nicht gegeben. Weder vorher, noch nachdem die Handschellen angelegt worden waren.

Der nächste Zeuge war als Sanitäter eingesetzt gewesen und hatte sich um die Polizeianwärterin gekümmert, als sie aus der Ohnmacht erwacht war. Seiner Ansicht nach konnte es durchaus zutreffen, dass die Polizistin hart zugegriffen hatte, da sie sich noch in einem psychischen Ausnahmezustand befunden hatte. Aber dass sie seinen Kopf auf das Autodach gestoßen habe, hatte er nicht gesehen und er stand ihr direkt gegenüber.

Exakt dasselbe erzählt ein Andreas Meister, der als Bliedenmeister, was immer das sein sollte, zur Unfallstelle geeilt war. Hauptkommissar Rudloff glaubte keine dieser Storys, dazu war er schon zu lange im Geschäft.

Schließlich war die Reihe an Anneliese Roth, jener älteren Dame, welche die Eingabe gemacht hatte. Eicke Rudloff mochte endlich mal die Wahrheit hören, obwohl er sie grob in ihrer Eingabe schon gelesen hatte. Die Kleine hatte den Typen ziemlich rabiat festgenommen und seinen Kopf gegen das Autodach gestoßen, als er sich über sie lustig machen wollte. Menschlich konnte er das gut nachvollziehen, aber die Vorschriften kannten da keine mildernden Umstände.

„Guten Tag, Frau Roth. Ich würde gern ihre Aussage noch einmal im Detail durchgehen. Sie waren an diesem Tag auf dem Burgfest und sind dann ebenfalls zu der Unfallstelle gelaufen. Bitte schildern Sie mir, wie es zu dem Übergriff kam."

„Ne, war nüscht."

„Wie? Nüscht? Sie haben doch schließlich die Eingabe gemacht!"

„Ich habe mich leider getäuscht."

„Frau Roth, ihretwegen sitzen wir hier!"

„Tut mir leid, ich habe da wohl etwas durcheinandergebracht. In meinem Alter kann das schon mal passieren. Kann ich jetzt gehen?"

Eicke Rudloff kochte innerlich. So etwas war ihm bisher nicht untergekommen. Noch nicht mal eine richtige Ausrede hatten sie sich einfallen lassen. Er wusste nicht, dass inzwischen ein Zeitungsbericht im Mitteldeutschen Anzeiger erschienen war, der aufdeckte, was Lehmann getan hatte. Er wusste auch nicht, dass Ernst Steinhöfer einst Anneliese Roths erste große Liebe war.

Nun war der Kommissar an der Reihe, dem die Anwärterin zugeordnet war. Eicke nahm sich vor, ihm auf den Zahn zu fühlen, falls der ihm hier das gleiche Märchen auftischen wollte. Doch Hauptkommissar Keilert machte einen völlig integren Eindruck. Ihn jetzt einer bewussten Falschaussage zu bezichtigen, ohne jeden Gegenbeweis, traute sich Eicke einfach nicht.

Carmen sagte aus, dass sie das Geschehen gar nicht jede Sekunde verfolgen konnte, da sie sich, nach Ankunft auf dem Vorplatz der Burg, erst durch eine Menschenansammlung hatte durchdrängeln müssen. Das war zumindest nicht gelogen. Edgar hatte im Flur auf Carmen gewartet. Sie war erleichtert, dass sie nicht intensiver in die Mangel genommen worden war. Der Flur war noch immer voller Leute. Wie viele hatte der denn einbestellt?

Auf dem Weg nach draußen liefen sie am nächsten Zeugen vorbei. Ihr entging nicht der flüchtige Blick des jungen Mannes zu Edgar. Draußen im Auto fragte sie: „Ihr kennt euch?" Edgar sah ihr in die Augen und antwortete: „Seit gestern."

Stefan Herkamp hieß der letzte Zeuge. Eicke Rudloff ließ ihn ein bisschen seine Gereiztheit spüren, dass er hier so verladen wurde.

„Hören Sie, ich will gleich auf dem Punkt kommen. Herr Lehmann hat Anzeige erstattet, weil ihm bei seiner Verhaftung die Nase gebrochen wurde."

„Ich nehme an, das ist sein gutes Recht."

„Sie haben das also gesehen?"

Stefan lachte kurz auf. „Natürlich habe ich das gesehen."

„Wie lief das genau ab? Die Polizistin hatte ihn zu dem Zeitpunkt bereits verhaftet, das weiß ich bereits."

„Wieso die Polizistin? Ich habe ihn doch in Gewahrsam genommen, nachdem er in den Graben gefahren war."

„Es geht um den Stoß auf den Hinterkopf, infolgedessen seine Nase durch den Aufschlag am Auto gebrochen wurde."

„Quatsch, ich habe ihm die gebrochen! Nachdem ich dem Kerl aus seinem Autowrack geholfen hatte, hat dieser Idiot mich angegriffen. Daraufhin habe ich ihm ordentlich eine verpasst und ihn dann zu dem Polizeiwagen zurückgebracht. Die Polizistin hat ihm die Handschellen angelegt und das war's. Ich glaube, das ist mein gutes Recht gewesen, oder?"

Eicke wusste einen Augenblick lang nicht weiter.

„Gibt es dafür Zeugen?"

„Natürlich, alle die mit mir zum Unfallwagen gelaufen sind."

Eicke sah ihm bedrohlich in die Augen.

„Dann werden wir die alle noch diese Woche befragen."

„Kein Problem, können Sie auch sofort tun, die sitzen alle draußen."

Eicke blickte verwundert zu seinem Assistenten neben sich. Herkamp war doch der letzte Zeuge auf der Liste? Eicke hatte die ganze Zeit hier im Vernehmungsraum gesessen. Nun ging er raus vor die Tür und starrte auf ein Dutzend junger Männer, die ihn nach und nach mit „Guten Tag", „Hallo", „Moin" begrüßten. Wohl der Fußballverein der Stadt?

„Guten Tag. Sie haben alle gesehen, dass Lehmann Herrn Herkamp angegriffen hat und dieser ihm dann einen Faustschlag verpasst hat?"

„Ja, aber der Kerl hat zuerst zugeschlagen, Stefan hat ihm rausgeholfen."

„Danke, Sie können gehen."

Zu Stefan Herkamp gerichtet sagte er: „Und Sie auch, Sie können gleich gehen, kurz noch die Aussage unterschreiben."

Freudig beeilte sich der Assistent, die Aussage auszudrucken und gleich abzuheften. Er hatte verstanden, dass sie schon heute zurück nach Düsseldorf fahren würden. Die Sache hier hatte sich erledigt.

Feuerwehrgerätehaus Weißensee, am gleichen Abend

Sie hatten an diesem Abend keinen Alarm und keinen Dienst. Doch alle waren gekommen. Sie waren auch im Burgverein und hatten in vielen Stunden die Steinschleuder aufgebaut.

Stefan schenkte jedem einen Nordhäuser Doppelkorn ein. Er hatte nichts von dem Kommissar erzählt, aber alle hatten es verstanden und alle waren dazu bereit gewesen. Es war die letzte Ehre, die sie ihrem Mentor erweisen konnten. So stießen sie gemeinsam auf Ernst an.

Landeskriminalamt Thüringen, Erfurt

Die gesamte obere Etage lag wieder in einer unsichtbaren Wolke aus starkem Kaffeeduft. Carmen las aus dem Mitteldeutschen Anzeiger vor:

„Das Mysterium von Weißensee ist gelöst! Polizeianwärterin verhaftet das fieberhaft gesuchte Phantom auf dem Burgfest und löst damit 4 Morde!"

Edgar unterbrach sie. „Wieso 4? Zwei Leute sind von Lehmann umgebracht worden. Dieser Hehler und Steinhöfer."

Carmen tadelte ihn kopfschüttelnd und amüsiert mit einem „t, t, t".

„Du liest die Obduktionsberichte gar nicht."

Obwohl seine Hände verbunden waren, wie die einer altägyptischen Mumie, griff Edgar nach der Akte, die bis jetzt unbeachtet am Ende des Tisches gelegen hatte, und las laut vor sich hin, als er die Stelle gefunden hatte, die er suchte: *„Todesursa-*

che und Alter nicht mehr feststellbar, Todeszeitpunkt vor über 500 Jahren. Was ist denn das für ein Quatsch?"

Carmen war amüsiert.

„Erinnerst du dich nicht? Die Beginen, 1476? Katharinas Vermutung? Im Schlamm des Brunnens sind tatsächlich Überreste gefunden worden. Hauptsächlich Zähne und so. Und die sind mit den anderen Überresten beim Gerichtsmediziner gelandet."

„Ja und der hat damit seinen Spaß gehabt."

Carmen korrigierte ihren Kollegen: „Mord verjährt nicht!"

Edgar hatte Mühe, die Kaffeetasse zu greifen.

„Übrigens, du musst noch die Beurteilung von Katharina schreiben." Edgar hielt triumphierend die verbundenen Hände hoch. „Ich kann ja nicht schreiben."

Zu Carmens Lächeln gesellte sich eine krause Stirn.

„Warum bist du dann überhaupt hier? Du bist doch gar nicht diensttauglich. Bist du nicht sogar noch krankgeschrieben?"

Edgar grinste.

„Der Kaffee! Du bist nur wegen des Kaffees hier! Ich fasse es nicht!"

Es war wirklich erstaunlich. Er konnte Carmen nichts vormachen. Darum sparte er sich jede Ausrede.

„Aber du musst wirklich noch die Beurteilung schreiben."

„Ach wozu? Bei dem Zeitungsartikel? Das hat doch der Reporter praktisch übernommen. Er hat ihr 'ne glatte 1 verpasst und unser Chef badet sich gerade im Erfolg. Was soll ich da noch schreiben?"

„Hast du mit dem Chef schon gesprochen?"

Edgar setzte seine Chefmimik auf.

„Gut gemacht, Herr Keilert! Und ihr Lehrling, Mannomann, tough, die Kleine."

Carmen konnte sich das jetzt sehr gut vorstellen. Edgar hatte noch mal nachdenklich den Zeitungsartikel überflogen.

„Ich frage mich, ob einer den Reporter bestochen hat, so positiv über Katharina zu schreiben."

Bei diesen Worten legte er die Zeitung nieder und schaute Carmen direkt in die Augen. Deren Lächeln weitete sich zu einem Grinsen. Genüsslich beugte sie sich etwas vor und stützte das Kinn auf beiden Händen ab.

„Kann ja gar nicht sein. Ihr seid doch alles Männer und so objektiv."

Kein Zweifel, Carmen hatte das irgendwie gedeichselt. Sie wurde ihm langsam unheimlich. Edgar schüttelte nur den Kopf. Im Anzeigenteil der Zeitung war ihm etwas aufgefallen.

„Übrigens, heute ist die Beerdigung von Ernst Steinhöfer. Müssen wir da nicht mit hin?"

„Wozu?"

„Da fällt uns bestimmt noch was ein. Du musst mich fahren."

Er hielt wieder die verbundenen Hände hoch. „Ich kann ja nicht."

Der kleine Friedhof war völlig überlaufen. Die Trauerfeier war bereits zu Ende und das Kondolieren am Grab hatte begonnen. Nun strömten Leute überall auf den Wegen herbei. Carmen und Edgar fanden sich schließlich in einer Reihe wartend. Es ging langsam voran. Carmen flüstert zu Edgar: „Ich dachte, er wäre unbeliebt gewesen."

„Ich denke, das war bloß eine Episode. Er kannte doch hier die meisten schon ein Leben lang und hat viel für die Gemeinde getan. Stefan Herkamp hat mir das erzählt."

„Stefan Herkamp?"

„Ja, der Zeuge neulich."

Carmen verstand, lächelte und schüttelte gleichzeitig den Kopf.

„Was ist denn das?"

Edgar vertrieb sich die Zeit, indem er die Geburts- und Sterbedaten auf den Grabsteinen ringsum las. Doch nun stand da ein seltsamer Stein, in Form eines kleinen Obelisken. Offensichtlich neu.

„Adelheit Hölzel, Johanna Heindel, ermordet im Mai 1476, die Bürger der Stadt Weißensee."

Carmen entnahm zwei Blumen aus dem Strauß, den sie noch in Erfurt gekauft hatten, und legte sie hinter den zierlichen Metallzaun, der um den Obelisken errichtet worden war.

„Das waren auch zwei Frauen, die ermordet wurden, auch wenn es schon lange her ist. Irgendwie gut, dass es ans Licht gekommen ist. Und du weißt auch, wer es ans Licht gebracht hat?"

Sie sieht Edgar fragend an. „Ja."

„Schon sehr seltsam dieser Fall, hat irgendetwas ..." Edgar fiel keine passende Umschreibung ein, aber Carmen hatte das richtige Wort gefunden: „Mystisches?"

„Genau".

Landesamt für Archäologische Denkmalpflege, Weimar

Jemand klopfte unaufdringlich, aber selbstbewusst an seine Tür. In diesem Augenblick versuchte Jakob Kleve stets zu ergründen, was für eine Person wohl dahinterstand. Diesmal lag er deutlich daneben, als Katharina hereinkam. Ihre Erscheinung war heute ungewöhnlich. Ganz in Schwarz, irgendwie dezent mit einigen weißen Tupfern, wobei einer der Unterarme in einem weißen Verband steckte, sodass man den Eindruck gewinnen konnte, auch das wäre Teil ihres Stils.

Sie versprühte Lebensfreude pur. Jakob erwachte förmlich und ärgerte sich über sich selbst. Er war doch nun wahrlich nicht der Typ, der Frauen anstarrte, noch dazu, wenn sie vom Alter her seine Tochter sein konnten. Hoffentlich hatte sie seine Blicke nicht bemerkt ...

„Ich komme gerade von der Beerdigung von Ernst Steinhöfer, darum so dunkel ... Guten Tag."

Jakob war wieder überrascht von dieser Souveränität.

„Guten Tag auch. Das ist doch aber gar nicht ihre Dienstpflicht, oder?"

„Nein, aber es gibt ja auch eine menschliche Seite bei solchen Ermittlungen. Man stöbert ja im Leben eines anderen und dessen Hinterbliebenen herum. Da finde ich das schon angemessen. Die Dienstvorschriften sind ja kein Lexikon fürs Leben."

„Oh, wenn Sie sich umorientieren wollen, also Sie haben den Blick für historische Dinge und bei uns ist ja gerade ein Platz freigeworden."

Den letzten Teil des Satzes hatte er bewusst langsam und mit tiefer Stimme gesprochen. Er dachte natürlich an Kahl, der nun fehlte. Er hatte doch ein schlechtes Gewissen, weil er ihr diesen Mistkerl ja vermittelt hatte. Im Nachhinein kam es ihm schon komisch vor, dass sich ausgerechnet dieser unmotivierte Kerl bereit erklärt hatte, mit ihr die Infrarotaufnahmen zu machen. Umso mehr freute sich Jakob, dass diese junge Polizistin ihre positive Art nicht verloren hatte. Im Gegenteil, sie schien selbstbewusster als noch vor einigen Tagen.

„Oh, vielen Dank, aber ich glaube, ich bleibe bei der Kripo. Es wird da ja auch mal ruhiger zugehen. Im Übrigen, ich bin ja auch dienstlich hier."

„Ja eben, was führt Sie überhaupt her? Noch Fragen zu Kahl?"

„Nein, der schweigt noch wie Lehmann, aber das ist egal. Die Beweise sind erdrückend. Ich bin hier, weil wir die bei Lehmann gefunden haben."

Sie holte eine große silberne Münze aus ihrer Tasche heraus und hielt sie so, dass Jakob Kleve sie begutachten konnte.

„Anscheinend spielt sie bei den Ermittlungen keine Rolle und bevor so etwas Wertvolles in der Asservatenkammer verschwindet, soll ich die besser bei Ihnen abliefern. Wir nehmen an, Lehmann hat die bei Umbauarbeiten gefunden und nicht abgegeben." Während sie diese Sätze sprach, hatte sich Jakob Kleves dezentes Lächeln in ein stilles Lachen verwandelt. Anstatt zur Münze schaute er nur noch zu ihr. Katharina war leicht verwirrt. Was bedeutete das? Machte sie gerade irgendwas falsch?

„Ich nehme Sie Ihnen ab. Aber nur unter einer Bedingung."

„Bedingung?" Katharina verstand nichts.

„Unter der Bedingung, dass ich sie Ihnen gleich wieder schenken darf! Ich schreibe Ihnen auch eine Urkunde. Das ist ein Dank für ihre Unterstützung bei der Erkundung des mittelalterlichen Weißensees."

„Äh, aber das geht doch nicht, die ist doch bestimmt wertvoll."

„Na dann wollen wir mal sehen, ob Sie Ihre Hausaufgaben gemacht haben! Was sagen denn Ihre Compliance-Regeln, welchen Geldwert dürfen Geschenke haben, die Sie offiziell von einem anderen Amt erhalten?"

Katharina verstand noch immer nicht, aber sie fühlt sich gefordert und endlich konnte sie mal mit diesem theoretischen Kram punkten, den sie endlos pauken musste.

„25 Euro nach der Thüringer Beamtenverordnung. Gilt die bei Ihnen auch?"

„Ach, das weiß ich gar nicht. Aber wenn Sie das sagen, dann ist es bestimmt so. Das ist jedenfalls voll im Limit."

„Aber allein das Silber, die ist richtig schwer!"

Jakob Kleve lachte noch immer und schüttelte nur den Kopf.

„Nein, die ist nicht echt."

„Wie? Die stammt nicht aus dem Mittelalter?"

„Doch, doch, das schon. Das ist sozusagen mittelalterliches Falschgeld. Das Metall ist eine Zinnlegierung. Hier in der Gegend gab es wohl mal eine Fälscherwerkstatt, da hat man die haufenweise hergestellt. Wir finden immer wieder welche und haben davon eine ganze Kiste im Keller. Ich weiß nicht mal, wie viele das inzwischen sind. Unter Sammlern ist der Preis auch ganz niedrig, wenn es hoch kommt: 10 Euro. Gibt immer wieder Leute, die merken das nicht und denken, sie sind reich. Wer weiß, wer sich darum schon alles die Köpfe eingeschlagen hat. Das ist wie der Ring in ‚Herr der Ringe'. Bei Ihnen ist die Münze in zuverlässigen Händen. Da bin ich mir sicher."

Katharina lachte und versenkte den neuen Talisman in ihrer Handtasche.

Ende

Der Autor

Andreas Schramm wurde 1967 in Gotha geboren und wuchs zur DDR-Zeit in einer kleinen Thüringer Gemeinde auf. Nach einer Berufsausbildung mit Abitur studierte er Verfahrenstechnik und ist seitdem als Konstrukteur und Systementwickler tätig. Er hat eine Tochter und lebt heute in Nordhessen. Als junger Mann zum obligatorischen Wehrdienst eingezogen, erlebte er den Fall der Mauer hautnah. Seit dieser prägenden Zeit wechselte sein Lebensweg mehrmals zwischen den verschiedenen deutschen Welten.

Sein Debüt „Blutwasser" ist eine ungeschminkte Hommage an die thüringische Heimat.

Milton Keynes UK
Ingram Content Group UK Ltd.
UKHW030613151124
2859UKWH00001B/19